말이 되는 말씀

말이 되는 말씀

ⓒ 김철, 2023

초판 1쇄 발행 2023년 11월 22일
　　　2쇄 발행 2024년 1월 12일

지은이　　김철
펴낸이　　이기봉
편집　　　좋은땅 편집팀
펴낸곳　　도서출판 좋은땅
주소　　　서울특별시 마포구 양화로12길 26 지월드빌딩 (서교동 395-7)
전화　　　02)374-8616~7
팩스　　　02)374-8614
이메일　　gworldbook@naver.com
홈페이지　www.g-world.co.kr

ISBN　979-11-388-2502-3 (03800)

말이 되는 말씀

말씀자료 글쓰기 수업

김철 지음

"챗GPT시대, 그래도 글을 써야 하는 당신에게"

500개 이상의 말씀자료를 직접 쓰고 고치며 찾아낸 살아 있는 글쓰기에 관한 모든 것

좋은땅

어떻게 써야 할까?

챗GPT 열기가 뜨겁습니다.

웬만한 글쓰기는 AI가 대신해 줄 거라는 기대도 큽니다. 정부 내에서도 공문서와 보도자료, 말씀자료 작성을 챗GPT에게 맡기려는 시도가 다양하게 이루어지고 있습니다. 세세하게 가이드를 주지 않더라도 상황에 맞는 수준 높은 글을 탁탁 내놓는 도구나 조력자가 있다면 얼마나 좋을까요.

챗GPT는 정립된 이론이나 널리 알려진 명확한 정보가 있는 경우는 AI 학습을 통해 사용자의 질문에 정확하고 적절한 답변을 생성해 낼 수 있다고 평가받습니다. 하지만 최신 동향이나 정보, 특정 기관에서만 보유하고 있는 데이터에는 챗GPT가 바로 접근하기 어렵다는 문제도 제기됩니다. 챗GPT가 그 특기인 '그럴싸한 답'을 만들어 줄 수 있지만 한계를 인정할 수밖에 없다고 지적받는 대목입니다.

행정이나 공공영역에서는 어떨까요? 실제 써먹을 수 있는 보고서 작성이나 업무용 글쓰기를 기대하려면 업무 담당자들만 알고 있는 내부의 최신 자료들을 바로바로 학습에 활용할 수 있는 환경이 마련되어야 합니다. 정책이 만들어지는 과정과 특성을 생각하면 지금 당장 긍정적 기대를 하기는 쉽지 않은 일입니다. 보고서나 말씀자료의 틀을 만들어 주는 부분까지는 어느 정도 가능하겠지만 신뢰성과 시의성 있는 내용과 메시지가 담긴 글은 시간이 조금 더 필요할 것 같습니다.

당분간 글을 쓰는 일은 여전히 우리들의 몫으로 남겠네요. 많은 사람들에게 글쓰기는 귀찮고 어려운 일입니다. 업무와 관련된 일이라면 더욱 그렇습니다. 중앙부처와 지방자치단체를 비롯한 공공영역에서 일하는 대부분의 사람들은 직장생활 중 본인의 의지와 관계없이 여러 분야의 여러 업무를 경험하게 됩니다. 그들을 제너럴리스트라고 부르는 이유 중 하나이기도 합니다. 실무에서 해야 하는 많은 일 중에는 맡은 업무와 관련된 글쓰기도 포함됩니다. 흔히 '말씀자료'로 불리는 글쓰기입니다. 말씀자료는 '기관을 대표하는 사람이 그 업무와 관련하여 조직 내외부에 설명 또는 입장을 제시하는 데 참고가 되는 자료' 정도로 정의할 수 있습니다. 기관을 대표하는 사람은 실장이나 차관이 될 수도 있고, 단체장이나 장관이 될 수도 있습니다.

개조식 보고서 쓰기가 일의 8할 이상을 차지하는 직장인들에게 보고서 밖의 글쓰기는 결코 쉬운 일이 아닙니다. 본인이 직접 말하게 될 내용을 써내기도 쉽지 않은 일인데, 다른 사람이 하게 될 말을 대신해서 작성하는 것은 더 어렵습니다. 이런 상황에서 말씀자료는 상당 부분 실무자의 개인기에 의존해서 작성됩니다. 여러 일을 챙겨야 하는 과장, 국장 등 상급자들이 꼼꼼히 봐주기를 기대하기란 쉬운 일이 아닙니다. 참고할 만한 자료를 얻기도 쉽지 않습니다. 글을 쓰기 전엔 '어떻게 써야 하지?'를 묻고, 글을 쓰는 동안에는 '이렇게 쓰는 것이 맞나?'라는 물음과 함께하는 것이 현장의 모습입니다.

햇수로 3년간 부처 장관의 말씀자료를 직접 쓰고 다듬는 일을 했습니다. 500여 편에 이르는 다양한 유형의 말씀자료를 접하는 기회였습니다. 실무에서 시간과 정성을 들여 작성했지만, 수요자인 기관장의 입장에서 보자면 아쉬움이 큰 경우가 많았습니다. 초안을 작성한 담당자들과 이야기를 나누다 보면 '어떻게 써야 할지 모르겠다.'는 그 답답함에 충분히 공감하게 됩니다. 말씀자료 작성에 참고할 수 있는 길잡이가 필요하다는 것을 여러 번 느끼게 됩니다. 이 책이 나오게 된 배경입니다.

이 책은 말씀자료를 작성하는 공공부문 종사자들을 포함하는 실무 직장인들에게 초점을 두고 만들었습니다. 넉넉하지 않은 시간 안에 효율적으로 글을 쓰는 데 도움이 되도록 말씀자료 유형별 작성 방법과 유념해야 할 점들을 담았습니다. 제 손을 거쳐 간 500여 편의 글들이 건네준 힌트들입니다. 각 장별로 실제 사례를 풍부하게 제시하여 이해를 돕고 업무용 글쓰기에 응용할 수 있도록 했습니다.

책은 1부와 2부로 구성되어 있습니다. 1부에서는 장관 메시지 비서관으로서 제가 경험한 상황을 바탕으로 말씀자료 작성 시 유념해야 할 점들을 총론적 시각에서 제시했습니다. 말씀자료가 활용되는 상황과 배경에 대한 정확한 이해, 설득력 있고 공감 가는 글이 되기 위한 적절한 예시의 활용법 등을 포함하고 있습니다. 2부에서는 대표적인 말씀자료 유형인 현장 말씀, 영상 메시지, 언론브리핑, 담화문, 서면축사, 발간사의 흐름과 구조, 작성방법, 주안점 등을 사례와 함께 상세하게 담았습니다.

끝으로 이 책은 말씀자료 작성의 정답을 담고 있는 바이블은 아닙니다. 책을 통해 소개하고 있는 내용보다 더 좋은 글쓰기 방법이 있을 수 있습니다. 그래서 이 책은 말씀자료 작성의 대략적 방향을 이해하는 데 필요한 일종의 '참고서'에 해당합니다. 보다 많은 말씀자료를 접하고 실제 현장에서 어떻게 활용되는지를 보아 온 선배로서 후배들에게 전하는 조언 정도로 생각해 준다면 좋겠습니다.

눈에 쉽게 드러나지 않지만 충분히 가치 있는 일을 하며 정부와 지자체 안팎에서 일하고 있는 분들이 많습니다. 오늘도 쉼 없이 고민하며 분투하고 계실 많은 분들이 '말이 되는 말씀'자료를 만드는 데 조금이라도 도움이 될 수 있다면 큰 기쁨이겠습니다.

20년에 가까이 공무원으로 일하는 동안 말씀자료 작성은 '변함없이' 부담되는 업무 중 하나였다. 이 책은 말씀자료 작성 과정에서 겪어야 했던 막연함과 막막함을 걸어 내 준 등대와 같은 책이다. 실무에서 가장 많이 쓰이는 6가지 유형별로 풍부한 실제 사례가 곁들여져 있어 정말 쉽게 이해할 수 있고 응용할 수 있었다. 책을 읽는 동안 차근차근 말씀자료 작성에 관한 과외를 받는 느낌이었다. 늘 책 꽂이에 두었다가 필요할 때마다 꺼내 보게 될 책이라 확신한다.

- 행정안전부 박선정 님

팀장으로서 중요한 역할 중 하나는 실무자들이 작성한 보고서와 글들을 큰 틀에서 확인하고 방향을 잡아 줘야 하는 일이다. 보고서는 어느 정도의 관록으로 커버할 수 있는 부분이지만 글쓰기는 지금까지도 큰 벽 중의 하나이다. 직원들이 작성해 온 말씀자료 초안을 놓고 훑어보지만 정작 어떤 의견을 줘야 할지 막연할 때도 적지 않다. 하지만, 우연한 기회에 만난 『말이 되는 말씀』을 통해 말씀자료를 어떻게 구성하고 세부 내용을 어떻게 작성해야 하는지 명확하게 그 '감'을 잡을 수 있었다. 팀장으로서의 자리에 적잖은 자신감을 주고 있는 책이다. 분야를 가리지 않고 직장생활의 확실한 '치트키'가 될 책이라고 생각한다.

- 익산시청 송유석 님

이렇게 확실하게 손에 잡히는 책이 또 있을까? 직장인으로서 글쓰기에 관한 부담으로 몇 권의 책을 산 적이 있다. 제목에 이끌려 샀지만, 책장을 덮고 났을 때 만족감은 크지 않았다. 책에 담긴 일반론적인 이야기들을 어떻게 업무용 글쓰기로 연결해야 할지 오히려 더 막막해지는 느낌을 받았다. 하지만 업무용 글쓰기를 해 본 사람이 경험을 바탕으로 제시하는 글쓰기의 방법은 지금껏 봐 온 그 어떤 책들보다 분명하고 구체적이다. 덕분에 책의 내용을 실제 업무에 어떻게 활용해야 할지도 명확해졌다. 좋은 건물을 짓기 위해서는 좋은 설계도가 필요하다. 글쓰기에 관한 좋은 설계도를 받은 느낌이다.

- 대한법률구조공단 김종욱 님

공무원에게 글쓰기란 그야말로 노동집약적인 일이다. 하얀 화면을 글자로 더듬더듬 채워 나가다 보면 새벽을 넘기기 일쑤다. 사기

캐릭터 챗GPT도 풀지 못한 글쓰기에 관한 난제를 이 책 한 권이 풀어냈다. 저 들판에서 농기계가 농민의 수고를 덜어 내고 있듯, 우리도 이제는 글을 쓰는 노동에서 해방될 수 있을 것 같다. 희망이 보인다.

- 영양군청 최재훈 님

안타깝게도 말씀자료에 쏟아붓는 시간과 그 수준은 비례하지 않는다. 정례적으로 치르는 행사나 갑자기 참여해야 하는 회의 준비의 대부분은 정해진 루틴과 프로세스를 따르면 된다. 하지만 말씀자료 준비는 예외이다. 창조를 요하는 매우 고단한 작업이다. 어떻게 써야 할까? 도대체 어떻게 써 오길 바라는 걸까? 수학 공식처럼 이 책의 내용을 하나하나 대입해 나가다 보면 문장과 단어들이 풀리기 시작한다. 이제는 말씀자료를 쓰기 전에 이 책부터 펼쳐 놓는다. 수많은 시행착오와 고민을 거쳐 이 소중한 공식을 만들어 낸 저자에게 고마움을 표한다. 덕분에 나와 비슷한 고민을 안고 사는 직장인들의 생활이 한결 편해질 것 같다.

- 행정안전부 최유정 님

차례

1부

말씀을 위한 준비

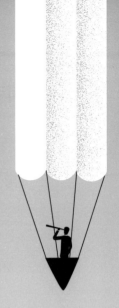

1부.

말씀을 위한 준비

1.1. 파란펜 선생님

시작

새해를 일주일 앞둔 12월의 마지막 월요일 새벽, 비서실 생활이 시작되었습니다.

여유로운 광화문 풍경을 등에 대고 일하는 곳이었지만 늘 긴장감으로 가득했습니다. 아침 일찍 대변인실에서 스크랩되어 올라온 우리 부 관련 기사들을 훑고, 기사의 주요 내용을 노란색 형광펜으로 표시하는 것이 하루 일과의 시작이었습니다. 여러 자료를 보아야 하는 장관께서 핵심 내용을 빠르게 파악할 수 있도록 하기 위함이었습니다.

기사 검토가 끝나게 되면, 전날 오후부터 밤 사이에 실국에서 들어온 보고서들을 확인하는 일이 남습니다. 간단한 상황 보고나 회의 결과에서부터 주요 정책과 관련한 쟁점들을 정리하고 방침을 받기 위한 보고까지 종류가 다양했습니다.

보고서를 최대한 빠르게 읽고 시급한 방침 등이 필요한 것들과 그렇지 않은 것들로 나눴습니다. 내용이 어려운 보고서는 담당자에게 전화를 걸어 직접 설명을 듣는 과정을 거쳤습니다. 장관께서는 이해가 쉽지 않은 보고서에 대해서는 가장 먼저 저에게 그 내용을 묻기 때문에 모든 보고서의 핵심 내용과 관련 배경 등을 알고 있어야 했습니다.

　장관에게 올리는 보고서라는 점 때문인지 부서에서는 보고서 분량을 한 장으로 압축해서 올리는 경우가 많았습니다. 보고서를 핵심 위주로 간결하게 작성해야 하는 것은 중요하고 필요한 일입니다. 보고서를 받아든 수요자의 시간과 수고를 줄일 수 있기 때문입니다. 하지만 짧은 보고서가 항상 정답은 아닙니다. 어려운 내용으로 압축된 한 장의 보고서보다, 쉽게 설명된 세 장의 보고서가 더 낫습니다. 한두 장 안에 모든 내용을 담아야 한다는 생각 때문에 이해에 필요한 중요한 맥락들을 생략하는 경우가 많습니다. 업무 담당자나 해당 분야의 전문가들만 사용하는 용어를 부연 없이 그대로 사용하는 사례도 적지 않습니다. 공급자 중심의 보고서들이었습니다. 이런 경우에는 보고서를 다시 해당 부서로 돌려보내서 내용과 쟁점을 이해하기 쉽도록 보완해 달라는 요청을 할 수밖에 없었습니다.

"보고서를 어떻게 써야 할지 모르겠어요."라는 후배들의 걱정스러운 질문도 자주 받습니다. '이것이 정답입니다.'라고 자신 있게 내세울 수 있는 것은 없습니다. 하지만, 매일 올라오는 다양한 분야의 수많은 보고서들을 보며 느낀 것은 '무슨 말을 하는지' 쉽게 이해되고 '어떻게 하겠다는 것인지' 그 입장이 명확히 드러나는 보고서가 좋은 보고서에 가깝다는 것입니다. 적어도 이 두 가지 요소가 갖추어져 있어야 보고를 받는 사람이 '보고서 내용을 보니 내가 이렇게 해야겠구나.'라는 판단을 제대로 할 수 있습니다.

보고는 '책임지는 위치에 있는 사람이 제대로 알고 합리적 결정을 할 수 있도록 정보를 주는 일'입니다. 부처를 예로 들자면 그 책임을 지는 사람은 과장, 국장, 실장, 차관, 장관입니다.

그 책임지는 사람의 합리적 결정에 도움이 되기 위한 정보는 크게 2가지 요소를 포함합니다. 첫 번째는 정확한 정보입니다. 그것이 '팩트'인가에 관한 것입니다. 보고하는 내용이 정확한 사실에 근거한 것이어야 합리적 결정도 가능합니다. 사실과 다른 정보에 기초한 결정은 당연히 합리성과 타당성을 기대하기 어렵습니다. 두 번째는 시의 적절한 정보입니다. 이는 정보 제공의 시점을 일컫습니다. 결정이 임박했거나 이미 결정이 끝난 시점에 알게 된 정보는 합리적 결정에 도움이 되지 않습니다.

사실에 기반한 정확한 정보가 시의성까지 갖추고 있다면 이제는 이 정보를 책임지는 위치에 있는 사람이 제대로 알 수 있도록 해야 하는 일이 남습니다. 담당자가 파악한 정보를 책임지는 사람이 제대로 이해할 수 있도록 보고서에 효과적으로 표현해야 합니다. 보고서를 통해 상대를 이해시키고 설득하기 위해서는 내용과 표현이 쉬워야 하는 것은 당연합니다. '문제가 되는 상황이 무엇이고, 그 상황과 관련하여 이러한 일(조치)을 해 왔고, 앞으로는 이런 방향으로 처리하겠다.'라는 흐름에 따라 작성하면 무난합니다.

보고서를 작성한 뒤에는 그 보고서를 말로 설명해 보세요. 자신이 작성한 보고서의 흐름이나 내용들을 보다 객관적으로 들여다볼 수 있게 됩니다. 보고서의 순서에 따라 설명을 하는 것이 매끄럽지 못하고 중언부언하고 있다면 그 보고서는 어딘가 보완되어야 할 부분이 있는 것입니다.

'철두철미' 파란펜 선생님

짧은 시간 저의 손을 거쳐 매일 아침 20개 정도의 보고서가 장관의 책상에 올라갔습니다. 재난, 지방자치, 정부혁신, 조직, 지방재정, 디지털정부 등 분야도 다양했습니다. 보고의 대상이었던 장관께서는 너무나도 꼼꼼한 분이었습니다. 사무실에서 다 소화되지 않는 보고서들은 이동하는 차 안에서까지 읽고 이해가 가지 않는 부분은 직접 전화를 걸어 설명을 들을 정도였습니다. 그는 제대로 이해해야 제대로 판단하고, 그래야 제대로 지시할 수 있다고 생각했습니다. 그야말로 철두철미했습니다. 이렇게 자기 손을 거친 보고서들에 대해서는 일일이 파란색 플러스펜으로 당신의 입장과 의견을 달아 돌려주었습니다. 비서실에서 근무하는 직원뿐만 아니라 일선 부서의 부담감은 클 수밖에 없었습니다.

그의 파란 펜은 말씀자료를 준비하는 과정에서도 예외가 아니었습니다. 통상 장관 또는 기관장 이름으로 나가게 되는 말씀자료는 소관 부서에서 초안을 작성해서 올리는 것이 일반적입니다. 담당자나 부서의 관심도나 역량에 따라 초안의 수준에도 차이가 있기 마련입니다. 비서실 단계에서 오탈자 정도만 고쳐서 장관께 올리는 일도 있었지만, 처음부터 거의 새로 써야 하는 경우도 적지 않았습니다.

비서실에서 손을 댄 후 장관께 올리지만, 말씀자료에는 예외 없이 파란 펜이 닿았습니다. 비서실 근무가 시작된 후 얼마간 그가 되돌려준 말씀자료는 온통 파란색으로 가득했습니다. 다행스럽게도 그는 매번 수정할 부분을 짚어 가며 수정의 방향과 그 이유를 설명해 주었습니다. 글쓰기 과외선생님이었던 셈입니다.

언론 인터뷰 자료, 외부 토론회에 보내는 서면축사에 이르기까지 그의 이름으로 나가는 글이 소위 '야마'라고 불리는 핵심 메시지가 분명하게 담긴 살아 있는 글이 되기를 원했습니다. 그의 스타일에 맞는 글이 어떤 것인지 고심하고, 어떤 날엔 부족한 제 모습에 자괴감을 느끼기도 했습니다.

그러는 사이 한동안 저를 계속해서 따라다닌 질문이 있습니다.

"도대체, 살아 있는 글이란 무엇일까?"

1.2. 아는 만큼 써집니다

행사프로그램 확인하기

기념식을 비롯한 각종 행사에서 말씀하게 될 경우 가장 먼저 행사의 세부 내용과 구성을 꼼꼼히 확인해야 합니다. '시의적절'한 말씀과 연결되기 때문입니다. 예컨대, 행사 순서 중 시상을 하는 프로그램이 들어 있다면 수상자들의 이름과 세부 공적 내용을 미리 확인해야 합니다. 말씀자료 내용 중에 주요 수상자들의 이름과 상을 받는 구체적인 이유를 언급하는 것도 중요한 말씀 꼭지가 될 수 있습니다.

또 다른 상황으로 회의에 참석하여 모두 말씀과 마무리 말씀을 해야 하는 경우를 가정해 봅시다. 만약 모두 말씀 이후의 세부 프로그램 중 참석자들과 간담회가 예정된 경우라면 마무리 말씀에서는 앞서 진행된 간담회에서 나왔던 의미 있는 말들을 언급할 수 있도록 준비해야 합니다.

이는 말씀하실 분이 실제 간담회 내용에 바탕을 둬서 애드리브 형태로 말하게 될 부분이지만, 말씀자료는 이러한 역할을 유도하도록 준비되어야 합니다. "앞서 진행된 간담회를 통해 ○○○의 중요성에 대해 다시 한번 실감할 수 있었습니다."와 같이 간담회 내용과 연관 지어 말씀자료에 해당 내용을 반영할 수 있습니다.

행사의 내용을 충분히 이해하면 행사와 말씀이 따로 놀지 않고 어우러지게 할 수 있습니다. 말씀자료의 내용은 풍부해지고 글의 현장감도 높일 수 있습니다. 예로 들고 있는 '전국자원봉사센터대회'와 '지방자치경영대전'의 주요 프로그램에는 유공자에 대한 시상식이 포함되어 있었습니다. 상을 받는 사람들이 몇 명인지, 상을 받는 대표적 기관들이 어디인지를 파악하고 이를 축사에 담았습니다.

【사례: 전국자원봉사센터대회 영상축사】

자원봉사 활성화를 위해

헌신적으로 노력해 오신 공을 인정받아

영예로운 상을 받게 된 스물한 분의

수상자 여러분께도 축하의 말씀을 드립니다.

【사례: 지방자치경영대전 서면축사】

우선, 오늘 '제17회 대한민국 지방자치경영대전'에서

수상의 영예를 안은 광주시 광산구, 서울시 서대문구,

경기도 구리시를 비롯한 34개 자치단체와

관계자 여러분께 축하의 말씀을 드립니다.

분위기 파악하기

일상생활에서도 그렇듯이 업무와 관련된 글을 쓸 때도 상황과 분위기를 잘 고려해야 합니다. 글이 쓰이는 상황을 정확하게 이해해야 그 분위기에 맞는 내용을 글 속에 녹여 넣을 수 있고, 그래야 말을 듣고 글을 읽는 사람의 공감도를 높일 수 있습니다.

행사에 어떤 사람들이 청중으로 참석하고 행사가 어떠한 형태로 진행되는지 확인하는 것은 그래서 중요합니다. 기관 외부의 고위급 인사까지 참석하는 매우 공식적인 행사인지, 기관 내부 직원들만 참석해서 가벼운 분위기 속에서 진행되는지 등에 관한 것입니다. 행사의 참석자와 분위기에 따라 말씀자료의 톤과 내용도 달라질 수밖에 없습니다.

무게감 있는 외빈 등이 다수 참석하는 행사로 공식성이 큰 경우라면 가벼운 농담을 건네는 것조차 곤란한 분위기일 수 있습니다. 말씀자료의 내용도 그에 맞추어져야 합니다. 반대로 기관 내부의 직원들 또는 일반 시민들이 참석하는 매우 부드러운 분위기의 행사라면 말씀자료도 부드러운 문체와 딱딱하지 않은 내용으로 작성되는 것이 좋습니다. 상황과 분위기에 맞지 않게 너무 무거운 메시지를 던지거나 우리끼리만 알고 있는 정책들을 일일이 나열할 필요도 없습니다.

분위기 파악을 잘해야 하는 것은 사회생활뿐만 아니라 말씀자료 쓰

기에서도 그대로 적용됩니다.

참석자 파악하기

참석자들이 누구인지를 파악하는 것도 놓쳐서는 안 되는 부분입니다. 주최 측 입장에서 현장 말씀을 하는 경우 대개 말씀의 첫머리에서는 참석자들을 언급하며 참석에 대한 감사를 표하게 됩니다. 행사장에 참석해 있는 주요 인사를 소개에서 빠뜨리거나 생략하는 것은 큰 실례로 인식되기도 합니다.

당초 참석을 약속했지만, 최종적으로 참석이 어렵게 된 참석자를 말씀자료에 그대로 반영해 두는 것도 문제입니다. 특별한 경우가 아니라면, 굳이 현장에 없는 사람을 소개할 필요는 없습니다. 참석자가 누구인지 정확히 파악하고 말씀자료에 반영하되, 행사 직전까지도 참석 여부를 확인해야 합니다. 개회에 임박해서 참석자가 급하게 바뀐 경우라면 쪽지 형태로라도 말씀하실 분께 그 내용을 전달하여 잘못된 소개를 하는 일이 없도록 바로잡아야 합니다.

참석자 중 행사의 주제가 되는 사항과 관련하여 특별한 기여를 한 사람이 있을 수 있습니다. 그 구체적 역할 역시 말씀의 좋은 소재가 될 수 있습니다. 행사 분위기를 훈훈하게 만들 수 있고, 참석자들이 진정성을 느끼게 할 수도 있습니다.

【사례: 지방자치의 날 기념사】

특별히, 지방자치 발전에 대한 철학을 바탕으로

아낌없는 지원과 성원을 보내 주고 계시는

○○○ 총리님께도 감사드립니다.

【사례: 한국섬진흥원 출범식 기념사】

아울러, 한국섬진흥원 설립에 관한 내용을 담은

'섬 발전 촉진법' 개정을 앞장서서 추진해 주신

○○○ 의원님과 ○○○ 의원님께도

감사의 말씀을 드립니다.

앞에서 예로 든 '지방자치의 날 기념사'에서는 주빈으로 참석한 총리를 언급하여 평소의 지원과 성원에 대한 감사를 표했습니다. '한국섬진흥원 출범식 기념사'에서는 행사장에 참석하지 않았을지라도 한국섬진흥원 설립의 근거가 되는 법 제정을 이끌었던 두 명의 의원들을 언급하고 감사 인사를 건네고 있습니다.

외부 인사들에게까지 개방된 시상식, 퇴임식 등에서는 참석자들을 언급해 주는 것도 의미가 있습니다. 퇴임식에 가족들이 동반되는 경우, 신임공무원 임명식에서 부모님들이 참석하시는 경우 등이 그에 해당합니다.

【사례: 퇴임식 행사 격려사】

오늘 이 자리에 계신 여덟 분께서

명예롭고 영광스러운 퇴임을 맞을 수 있게 된 것은

힘든 시간을 마주할 때마다

등을 토닥여 주고, 가슴을 열어 보듬어 준

든든한 가족분들이 계셨기 때문입니다.

남편의 자리, 아내의 자리

그리고 부모와 자식의 자리를

묵묵히 채워 주신 소중한 가족분들께도

뜨거운 박수를 보내드립니다.

꼼꼼하고 섬세한 고민은 글 속에 참석자에 대한 배려가 담기게 합니다. 그래서 더 격조 있는 말씀자료가 됩니다.

1.3. 당신의 고객은 누구입니까?

작품 대신 제품

말씀자료는 사용자가 정해져 있는 '고객 맞춤형 제품'에 해당합니다. 장관이든 차관이든 혹은 자치단체장이든 말씀자료를 토대로 실제 말씀을 하게 될 '그분'에 맞추어 작성해야 합니다.

말씀자료를 준비하는 실무자의 입장에서 '이 정도면 괜찮겠지.'라고 생각해도 '그분'은 다른 생각을 가질 수 있습니다. 말씀을 통해 강조하고자 하는 부분이 다를 수 있고, 세세한 표현에 관해서도 생각이 다를 수 있습니다. 결국 말씀은 그분의 입과 그분의 이름을 빌어 나가는 것이므로 **작성자의 개인적 취향을 반영한 '작품'이 아닌 수요자의 요구와 취향에 맞춘 '제품'이 만들어질 수 있도록 노력해야 합니다.**

내가 장관이라면?

글의 표현이나 형식이 말하는 사람의 격에 맞아야 합니다. 기관을 대표하여 공식적인 의견을 표명하는 것이므로 지나치게 감정적인 표현을 사용하는 것은 적절하지 않습니다. 글의 내용 또한 장관이나 단체장, 차관, 실장 등 말하는 사람이 할 법한 말을 해야 합니다. 가령 장관이 부처 사업에 대해 설명하는 말씀자료인 경우 "다음 달 13일까지 문체부 관광담당부서와 실무협의를 마치고, 문화관광연구원과 함께 기본계획 초안을 마련하는 작업을 빠르게 진행하겠습니다."라는 말보다는 "다음 달까지 관계부처 협의를 마치고 전문가들과 기본계획안을 속도감 있게 마련해 나가겠습니다."라고 표현하는 것이 조금 더 장관이 할 법한 말에 가깝습니다.

표현방법에 관한 사례를 한 가지 더 살펴보겠습니다. 다음 사례는 자치단체 규제혁신과 관련한 우수정책사례를 소개하는 사례집에 들어가는 발간사 초안 중 일부입니다. '고난에 대한 염려', '국민의 마음이 어두워질수록', '국민을 헤아리고' 등 비유적 표현들이 많습니다. 문학작품을 읽는 듯한 느낌도 듭니다. 덕분에 글을 읽었을 때 어떤 말을 하려는지 바로 와닿지 않습니다.

현장의 목소리에 귀 기울이며 활발하게 소통했고, 협력을 통해 다양한 성과를 만들어 냈다는 말이 두 번째 단락의 핵심으로 보이지만, 정작 어떻게 소통을 했는지 어떠한 성과를 만들어 냈는지에 대해서는 구체적으로 설명하지 못하고 있습니다. 그냥 듣기 좋은 말입니다.

【사례: 지방규제혁신 우수사례집 발간사(초안)】

계속되는 코로나19 상황으로 국민의 고충이 매우 큰 시기입니다. 평범했던 일상이 감염병 대응의 날들로 바뀌었습니다. 국민 간 소통의 기회와 친밀한 만남은 줄었습니다. 언제 끝날지 모르는 고난에 대한 염려가, 다가올 미래에 대한 희망을 가리기도 합니다.

국민의 마음이 어두워질수록, ○○○○부와 자치단체는 더욱 국민을 헤아리고 있습니다. ○○○○부는 국민의 안전, 편의, 만족을 최우선의 가치로 삼아 왔으며, 이를 규제혁신의 기본정신으로 삼고, 현장의 목소리에 귀 기울이며 활발하게 소통하고 있습니다. 국민 및 일선 공무원과 함께 정책과 행정의 전 과정을 면밀히 검토하고, 좀 더 좋은 행정이 되도록 노력합니다. 국민의 마음에서 출발한 일선 공무원의 반짝이는 아이디어와 헌신은 정부 부처와 공공기관을 움직이고, 다양한 협력적 성과를 만들었습니다.

이를 통해 ○○○○부가 지향하는 것은 지속가능한 규제혁신 생태계입니다. 규제혁신이 단순히 지역사회의 민원을 해결하는 것으로 만족하지 않습니다. 자치단체의 주요한 혁신엔진이 되고, 이를 통해 행정의 계속적인 발전이 이어지기를 목표합니다. 한 지자체의 규제혁신이 다른 지차체의 혁신행정과 국민 삶의 개선으로 나타나기를 희망합니다.

「2021년 지방규제혁신 우수사례집」은 규제혁신을 통해 국민생활의 회복과 지역발전의 가능성을 담고 있습니다.

이어지는 사례는 초안의 수정안입니다. 초안에 비해 정제된 표현을 사용하고 있습니다. 지역현장의 규제개선을 위해 노력한 부분이 다양한 사례를 통해 구체적으로 언급되고 있습니다. 관계부처와의 거버넌스 체계 정비를 통해 현장 규제의 속도감 있는 해결을 지원한 부분과 그를 통한 440여 건의 규제 개선 성과를 구체적으로 제시하고 있습니다. 이 밖에도 우수사례경진대회, 진단지표 개선 등을 통한 우수사례 확산노력에 관해서도 언급하고 있습니다. 작품이 아니라 말씀자료의 형식과 내용에 어느 정도 부합하는 제품이 되었습니다.

【사례: 지방규제혁신 우수사례집 발간사(수정안)】

코로나19 상황이 3년 가까이 이어지고 있습니다.

국민 생활은 물론 지역경제에도 어려움이 커지고 있습니다. 활력넘치는 일상에 대한 간절함이 컸던 2021년 한 해, ○○○부는 지역현장의 규제 해결을 통해 일상 회복의 순간을 앞당기기 위해 최선을 다했습니다. 우선, 지방자치단체, 관계부처와 머리를 맞대고 현장의 변화를 가져올 수 있는 실질적 논의에 힘썼습니다. 규제개선 요구가 큰 사안에 대해서는 자치단체 현장을 직접 방문하여 주민, 자치단체, 관계기관과 그 해법을 함께 논의하였습니다.

규제개선을 힘 있게 추진해 나가기 위한 거버넌스 체계도 정비하였습니다. 국가 규제개선을 총괄하는 국무조정실과 정례 회의체 운영을 통해 자치단체가 건의한 규제 애로사항의 속도감 있는 해결을 지원하였습니다. 소관 부처 수시 협의를 시행하는 한편, 현안점검조정회의 등 범부처 회의체를 활용하여 약 440여 건의 규제를 개선하는 성과를 거뒀습니다. '가정양육수당 수급권 보호', '소상공인 범위기준 완화를 통한 지원대상 확대' 등은 대표적인 사례입니다.

2018년부터 발굴된 규제혁신 우수사례가 제도화되어 안정적으로 시행될 수 있도록 '지방규제혁신 우수사례 경진대회'에 '벤치마킹' 분야를 별도로 운영하였고, 지방규제혁신 우수기관 인증을 위한 진단지표에도 '우수사례 벤치마킹' 항목을 포함하여 우수사례의 전국 확산을 지원하였습니다.

「2021 지방규제혁신 우수사례집」에는 이처럼 2021년 한 해 동안 자치단체 현장에서 이루어진 규제혁신 사례는 물론 일상 회복의 가능성도 함께 담겨 있습니다.

내가 장관이라면, 내가 그 상황이라면 어떤 내용의 말을 하고 어떤 표현을 사용해야 할지를 고민하며 글을 준비해야 합니다. 말씀의 주제와 관련하여 평소 '그분'의 생각이나 강조했던 내용, 자주 사용하는 표현이 들어가면 당연히 좋겠지만 실무자 입장에서 그러한 부분까지 일일이 파악하기란 쉬운 일이 아닙니다. 하지만, 적어도 이전에 있었던 유사 행사 등에서 언급했던 내용을 찾아보는 노력 정도는 기울일 필요가 있습니다. 말씀자료 글을 본격적으로 작성하기 전에 대략적 얼개와 내용을 놓고 말씀을 하게 될 분의 스타일을 잘 알고 있는 상사 등과 상의하는 것도 방법이 될 수 있습니다.

존경하는 국민 여러분!

연설문에 흔히 사용되는 표현 중에는 "존경하는 내외 귀빈 여러분" 혹은 "존경하는 국민 여러분"이라는 말이 있습니다.

장관용 연설문 초안에도 '존경하는'이라는 표현이 적잖게 등장합니다. 혹시나 해 그 표현을 그대로 둔 채 수정안을 올리게 되면 어김없이 파란색 플러스펜으로 그은 엑스(X) 표시가 글씨 위에 덧붙여져 나왔습니다. '존경하는'이라는 표현이 그 자체로서 문제가 될 것은 아니지만 너무나 흔하게 사용되어 듣기에 따라서는 영혼 없이 내뱉는 가벼운 말로 느껴질 수도 있습니다. 당시 저의 고객도 같은 생각이었습니다.

말씀하게 될 고객이 좋아하고 싫어하는 표현 등을 하나하나 다 알기는 어렵지만 큰 고민 없이 사용하고 있는 표현들이 고객 입장에서 적절한지는 곰곰이 생각하며 써 볼 필요가 있습니다.

1.4. 살아 있는 글을 찾습니다

비서실에서 일하는 동안 500편 이상의 말씀자료 글들이 제 손을 거쳤습니다. 회의 모두 말씀, 기념사, 영상축사, 서면축사, 언론브리핑문, 발간사, 추도사 등 다양한 형태의 글들을 직접 써 보고 접할 수 있는 기회였습니다. 글을 처음부터 직접 작성하는 경우도 있었지만, 부서에서 올라온 초안을 바탕으로 다듬고 고치는 일이 더 많았습니다. 초안을 받아 보면 좋은 말을 하는 것 같지만 구체적으로 와닿지 않고 공허한 느낌을 주는 글들이 적지 않습니다. '벙벙하다'라는 말로 표현하기도 합니다. 그럴싸한 요리처럼 보이지만, 막상 먹어 보면 맛이 느껴지지 않고 입안에서 겉도는 경우와 비슷합니다.

많은 글을 접하면서 터득한 것은 '살아 있는 글은 맛이 느껴지는 글'이라는 것입니다. 읽고 듣는 사람의 마음을 툭툭 건드리며 공감을 불러일으키는 글입니다. '이 사람이 어떤 말을 하고 있구나.', '그래, 그 말이 맞지.'라고 이해하고 고개를 끄덕일 수 있도록 하는 글입니다. 반대로 '살아 있지 않은 글'은 공감하기 어렵고 그래서 읽고 들는 이의 고개를 갸우뚱거리게 합니다.

마음을 꿈틀거리게 하는 살아 있는 글은 대개 다음의 몇 가지 요건을 포함합니다. 우선 글이 쉽습니다. 쉽게 읽혀야 이해의 속도도 빠릅니다. 쉽게 잘 읽히기 위해서는 쉬운 표현을 사용해야 하는 것이 기본입니다. 특정 업계 또는 해당 업무담당자만 알아들을 수 있는 실무 전문용어를 말씀자료 글에 그대로 사용하는 사례도 많습니다. 글을 읽고 말을 듣는 대상이 특정 업계의 사람으로 한정된 경우가 아니라면, 일반인이 듣기에 낯선 단어는 이해하기 쉬운 다른 표현으로 돌려서 설명해 주는 것이 좋습니다.

예를 들어, "정부24의 UI/UX 디자인을 사용자 중심으로 개선해 나가겠습니다."라는 말이 있다고 가정해 봅시다. 일반 국민 입장에서 보자면 '정부24'와 'UI/UX'는 바로 이해하기 어려운 말입니다. '정부24'는 우리나라 정부가 국민들에게 다양한 민원정보와 정책정보를 통합하여 제공하는 온라인 서비스를 일컫는 고유명사입니다. '정부24'라는 말 자체를 바꿀 수는 없으므로 '정부24'가 어떤 것인지를 자연스럽게 알 수 있도록 부연해 줄 필요가 있습니다. UI(User Interface), UX(User Experience)는 '사용자들이 서비스를 이용할 때 느끼는 편리함과 만족감의 수준' 정도로 이해하고 풀이할 수 있습니다. 이를 반영하여 문장을 다시 써 보면 "정부 민원과 정책정보를 한 곳에서 통합하여 제공하는 정부24 서비스를 국민들이 더욱 편리하게 사용할 수 있도록 개선해 나가겠습니다." 정도로 바꿔 표현할 수 있습니다.

중요한 맥락이 생략된 글도 쉬운 이해를 방해합니다. 가령, 어떤 정책이 A, B, C라는 과정을 거쳐 진행됐음에도 중간에 해당하는 B 과정을 글에서 생략하는 경우가 종종 있습니다. 전체적인 내용을 잘 알고 있는 담당자나 관계자는 B라는 연결 내용이 빠져도 내용을 이해하는 데 문제가 없습니다. 하지만 해당 내용을 처음 접하는 대중들은 빠져 있는 연결 맥락 덕분에 제대로 내용을 이해할 수 없게 되고, 그만큼 공감을 기대하기 어렵게 됩니다.

문단의 구조도 생각해야 할 부분입니다. 주장이나 의견에 필수적으로 따라와야 할 논거나 예시가 빠져 있는 경우도 많습니다. "우리 정부는 국민 중심의 정부혁신을 위해 적극적인 노력을 기울이고 있습니다."라는 주장에 그치고, 바로 다음 말로 넘어가는 경우가 이에 해당합니다. 잔뜩 기대하고 글을 읽고 말을 듣는 사람을 맥 빠지고 공허하게 만듭니다. "적극적으로 노력하고 있다."라고 말했다면, 뒤에서는 '국민 중심의 정부혁신을 위해 어떤 노력을 펼치고 있는지' 그 구체적인 사례가 제시되어야 합니다.

예컨대, "정부는 올해 초, 정책 수립 과정에 국민참여 확대를 핵심 내용으로 하는 국민청원법을 제정하였고, 정부혁신 국민평가제도를 도입함으로써 국민의 눈높이에서 정부혁신이 이루어질 수 있는 기반을 마련하였습니다."라는 말이 이어져야 합니다. 그래야 '아, 저렇게 우리 정부가 실질적인 노력을 하고 있구나.', '앞으로 국민 관점에서 더 좋은 정책이 만들어지고 국민의 삶도 나아지겠구나.'라는 공감과 기대를 불러올 수 있습니다.

이처럼 '쉽고 논리적 완결성을 갖춘 글'을 기본으로, 앞으로 소개될 몇 가지 요소들이 더해진다면 더욱 생동감 있는 '말씀'이 될 수 있습니다.

1.5. 첫 번째로 말하지 않을 때에는

직접 현장에 참석하는 행사 말씀자료 글에서는 행사의 구성, 발언의 순서, 행사 참석자가 누구인지 등의 내용 파악이 더욱 중요합니다. **상황과 분위기를 고려하지 않은 '생뚱맞은 말'은 말을 하는 사람과 듣는 사람 모두를 곤혹스럽게 합니다.**

현장 행사에 직접 참석한 상태에서 말하는 상황은 두 가지 경우로 나눌 수 있습니다. 첫 번째는 주최기관의 입장에서 발언을 하게 되는 경우입니다. 소속된 부처, 자치단체 등에서 추진하는 정책 관련 행사에 참석하는 만큼 글의 재료로 쓸 만한 콘텐츠가 풍부합니다.

두 번째는 다른 기관이 주최하는 행사에 참석하여 축사나 환영사 등을 하는 경우입니다. 순서상으로는 주최기관이 먼저 개회사나 기념사 등을 하고 그 뒤에 축사 등을 하게 됩니다. 내용면에서 언급할 수 있는 범위가 주최기관의 입장에서 발언할 때에 비해 상대적으로 적습니다.

행사의 중심이 되는 정책의 의의 등은 발언 순서가 앞서는 주최기관장이 먼저 강조하여 말하게 됩니다. 뒤이어 축사하는 외빈은 비슷한 내용과 표현을 사용하게 될 가능성이 매우 큽니다. 앞선 발언자가 행사와 관련된 중요한 의미 등을 이미 말했는데 뒤이어 발표하는 사람들도 같은 내용을 말하는 상황을 생각해 봅시다. 같은 내용인 줄 알면서도 원고를 보며 말을 이어 가야 하는 사람의 입장도 민망하고, 객석에서 같은 내용을 들어야 하는 청중으로서도 따분한 일입니다. 그렇다고 중복을 피하기 위해 '축하한다.'는 말만 달랑하고 내려올 수는 없는 노릇입니다.

이처럼 주최 측이 아닌 상황에서 축사나 환영사 말씀자료를 준비하는 것이 상대적인 부담이 더 클 수밖에 없습니다. 내용이 전혀 겹치지 않도록 하는 것은 어려운 일입니다. 내용을 구체화하거나 표현을 달리하는 등의 노력을 통해 최대한 차별성 있는 말씀자료가 되도록 공을 들여야 합니다.

다음은 2021년에 있었던 국가경찰위원회 출범 30주년 기념식의 실제 진행계획 중 일부입니다. 계획서상 순서를 살펴보면, 행사를 주최하는 국가경찰위원장의 기념사에 이어 총리, 장관, 국회 상임위원장 등의 순서로 축사가 이어집니다.

오프닝 공연 11:30~11:35 개회
국민의례 11:35~11:40
내빈소개 11:40~11:45
기 념 사 11:45~11:50 / 국가경찰위원장
축 사 11:50~12:05 / 총리 영상축사, 장관, 국회 상임위원장, 경찰청장

행사 취지와 의미는 누구에게나 알려진 것이고, 관련된 정책의 추진 경과와 향후 추진 방향 역시 이미 정해져 있습니다. 세 번째 발언자인 장관의 입장에서 보자면 국가경찰위원장은 물론 먼저 축사를 하는 사람의 메시지와 상당 부분 겹칠 수밖에 없습니다. 말씀자료 준비 당시, 주최 측을 통해 순서상 앞쪽에 있는 국가경찰위원장의 기념사와 총리의 영상축사를 미리 받아 보았습니다. 부서에서 올라온 초안과 비교해 보니 예상했던 것처럼 말씀자료의 내용뿐만 아니라 표현도 유사한 부분이 많았습니다.

급하게 관련 부서를 통해 국가경찰위원회 업무보고 자료를 확보하고 틀을 다시 정리했습니다. 국가경찰위원회의 30년간 성과와 현재 추진하고 있는 정책적 노력, 그리고 앞으로의 발전 방향에 대한 제언 중심으로 큰 틀을 구성했습니다. 그간의 성과와 추진 중인 주요 정책들이 먼저 말하는 인사들의 말과 최대한 중복되지 않도록 업무보고 자료를 통해 파악한 다른 사례들을 섞어서 활용했습니다. 표현의 경우, 뜻은 같지만 다른 단어를 찾아서 사용했습니다. 이 밖

에도 자치경찰제 시행을 비롯하여 국가경찰위원회의 역할과 관련
지을 수 있는 우리 부처의 지원내용도 반영함으로써 조금 더 차별
화될 수 있도록 다듬었습니다.

　이처럼 첫 번째로 말하지 않을 때는 내용과 표현을 더 깊이 있게
고민해야 합니다.

1.6. 예시의 힘!

　형식이든 내용이든 말과 글은 완결성을 갖추어야 합니다. 주장이 있다면 그 근거가 뒷받침되어야 합니다. 구조적으로 완전한 문장이 사용되어야 하고, 문장들의 집합인 문단은 각 문장들이 연계성 있게 어우러져야 합니다. 각 문단들이 파편화되지 않고 자연스럽게 이어져야 하는 것은 물론입니다.

　완결성이 부족한 문단 또는 문장을 이루고 있는 것은 말씀자료 초안을 받아 보면 가장 많이 나타나는 아쉬운 사례 중 하나입니다. 구체적 실행방법이나 전략 등이 제시되지 않고 '그냥 듣기 좋은 말'들만 나열하는 상황입니다. 한 문단 안에 한 가지 명확한 주제를 담고 그 주제를 증명하기 위한 서술이 이어져야 알맹이가 꽉 찬 글로 느껴집니다. 간 보기 식으로 이 말, 저 말을 중언부언하는 것은 글을 산만하게 만듭니다. 들어갈 만한 내용을 다 담았다는 생각에 작성자 본인의 만족도는 커질 수 있지만 정작 보는 사람은 대체 무슨 말을 하려는지 알기 어렵습니다.

　다음 사례는 정부혁신을 주제로 진행되는 국제회의에서 사용하기 위해 부서에서 작성한 개회사 초안 중 일부입니다.

> 2011년, 포용적이고 책임성 있는 정부를 만들기 위해
> ○○○가 출범한 이후 전 세계의 열린 정부 실현을 위한 노력들
> 은 많은 성과를 이루고 있습니다. △△△ 회원국 정부와 시민단
> 체 여러분들의 끊임없는 노력과 협력이 있었기 때문입니다.

　첫 번째 문장에서는 "열린 정부 실현을 위한 노력들은 많은 성과를 이루고 있습니다."라고 기술하고 있습니다. 하지만 정작 그 노력과 성과가 구체적으로 무엇인지는 제시되지 않고 있습니다. 바로 이어지는 문장에서는 "끊임없는 노력과 협력이 있었기 때문입니다."라고 서술하고 있지만 역시 문장의 앞뒤에는 어떠한 노력이 끊임없이 있었는지 보이지 않습니다. 허전합니다.

　설명 없이, 눈빛만으로 그 뜻이 전달되는 경우는 거의 없습니다. 오래된 연인 사이에도 끊임없이 표현하고 속마음을 나누어야 그 사랑이 오래 이어질 수 있습니다. 하물며 처음 만나는 사람에게 추가 설명 없이 툭툭 말을 던져 놓고 그 뜻을 헤아려 주기를 바라는 것은 과한 욕심입니다.

　다음 사례는 신임경찰 임용식에서 사용된 대통령 축사 중 일부입니다. "지난해 1월에 출범한 국가수사본부는 경찰의 수사능력을 강화하고 책임감을 높였습니다."라는 중심 문장이 먼저 제시되었습니

다. 다음 문장부터는 다양한 사례들을 통해 국가수사본부가 경찰의 수사능력을 어떻게 강화하고 책임감을 높였는지 설명하고 있습니다. 문단의 맨 마지막에서는 구체적인 수치로도 이를 증명하고 있습니다. 코로나 극복에도 앞장섰다는 문장 다음에는 코로나 극복을 위해 어떠한 노력을 펼쳤는지를 실제 사례를 들어 설명하고 있습니다.

【사례: 신임경찰 경위·경감 임용식 대통령 축사】

지난해 1월에 출범한 국가수사본부는
경찰의 수사능력을 강화하고 책임감을 높였습니다.

'여성청소년강력수사팀'과
'아동학대 특별수사팀'을 신설해
사회적 약자를 대상으로 한 강력범죄에 적극 대응했고,
N번방·박사방 사건을 비롯한 디지털 성범죄와
서민경제 침해사범, 부동산 투기사범을 특별 단속하여 엄정하게
수사했습니다.

나아가 불법 촬영물의 신속한 삭제와 차단을 지원하여 피해자를
보호했습니다.

2017년 50만여 건이던 5대 강력범죄는
2021년 42만여 건으로 감소했고 국민의 체감안전도에서도 최고

수준을 기록했습니다.

코로나 극복에도 앞장섰습니다.
비대면 경찰 서비스를 확대했고, 교민수송지원,
경찰교육원 시설 지원, 릴레이 헌혈 동참,
백신 수송과 역학조사 지원까지
방역망 곳곳을 지켜 주었습니다.

　중심 문장을 제시하는 것에서 그치지 않고, 다양한 사례와 통계를 통해 뒷받침함으로써 훨씬 풍부한 내용의 글이 되었습니다. 설득력이 높아지는 것은 당연합니다.

　이처럼 말씀자료에서 중심 문장을 명확히 제시하고 이를 뒷받침하는 사례 등을 통해 완결성을 높이는 것은 중요합니다. 그간의 노력과 성과에 대해서 말하는 경우, 앞으로의 방향성을 제시하는 경우 등 각각의 주장과 의견에는 구체적인 사례를 들어 설명하는 것이 필요합니다.

　책임 있는 위치에 있는 사람이 구체적인 실행계획이나 전략에 대한 언급 없이 벙벙한 말들만을 나열하는 것은 무책임해 보이기까지 합니다. **손에 잡히지 않고 그럴싸한 말로 채워진 말씀보다 구체적인 실행계획을 담은 글이 더 진정성 있고 살아 있는 말씀이 됩니다. 더 힘 있는 말이 됩니다.**

1.7. 재료 뭐 쓰세요?

줄리 앤 줄리아

**"화려하거나 복잡한 걸작을 요리할 필요가 없습니다. 그저 신선
한 재료로 좋은 음식을 요리하면 됩니다."**

우리에게도 잘 알려진 미국의 유명한 프랑스 요리 전문가 줄리아
차일드(Julia Carolyn Child)가 한 말입니다. 그의 요리 인생을 주제
로 한 영화 '줄리 앤 줄리아'가 만들어졌을 만큼 전설적인 요리사로
알려져 있습니다.

줄리아뿐만 아니라 많은 요리 전문가들이 강조하는 것처럼 요리
에서 기본이 되는 것은 신선하고 좋은 재료를 쓰는 것입니다. 신선
한 재료는 당연히 맛이 풍부하고 향도 좋습니다. 요리의 질감을 결
정하기도 합니다. 요리재료를 어떻게 선택하고 사용하느냐에 따라
같은 이름의 요리라도 맛이 크게 달라질 수 있습니다.

말씀자료 글을 쓰는 것도 다르지 않아 보입니다. 어떤 글을 쓸지

그 목적이 정해져 있다면, 글에 필요한 좋은 재료를 풍부하게 준비하는 것이 그 시작입니다. **글의 재료가 부족하면 손에 잡히지 않고 마음에 와닿지 않는 추상적인 글이 되기 쉽습니다. 비슷한 말을 빙빙 돌려서 억지로 분량을 채우게 되는 밍밍하고 맛없는 글이 됩니다.**

글 요리에 맞는 좋은 재료 찾기

말씀의 내용과 관련하여 해당 기관에서 진행하고 있는 정책이나 사업을 우선 파악해야 합니다. 지금까지 어떻게 정책이 추진됐고 앞으로의 정책 방향은 어떤 것인지 알아야 합니다. 기관의 공식적인 입장을 담은 업무보고서 등을 기본으로 뉴스에 보도된 사항 등도 꼼꼼하게 챙겨서 관련 동향을 정확히 파악해야 합니다. 그래야 사실과 동떨어지지 않고 기관은 물론 정부의 정책 방향과도 맥을 같이하는 책임성 있는 글이 됩니다. 행사의 배경이 되는 내용에 대해 깊이 있는 내용을 담게 되면 청중이나 독자의 공감도도 높일 수 있습니다.

인구감소 또는 지역소멸과 관련된 토론회와 관련된 축사를 준비하는 상황을 가정해 봅시다. 최근 국내 인구 감소현황은 어떤지 최신 현황통계 자료를 파악하고 있어야 합니다. 지역소멸위기에 처해 있는 지방자치단체는 몇 개나 되는지도 찾아보아야 합니다. 문제 상황이 어떤 양상으로 진행되고 있는지 관련 연구기관에서 발행한 논문이나 이슈페이퍼 등을 찾아볼 필요도 있습니다. 한발 더 나아가 인구감소 문제와 지역소멸과 관련한 정부나 해당 부처의 대책이 무엇인지도 알고 있어야 합니다. 그러한 준비가 되어 있어야 '문제 상황이 심각하다는 점을 깊이 이해하고 있고, 그 문제를 해결하기 위해 이러이러한 구체적인 노력을 기울이고 있다.'라는 자연스러운 흐름을 만들어 낼 수 있습니다.

국민 참여와 관련된 행사인 경우라면, 국민 참여 수준을 높이기 위해 해당 부처나 기관에서 기울이고 있는 구체적인 노력은 무엇인지 상세하게 파악하고 있어야 합니다. 앞으로 어떤 부분에 초점을 두고 국민 참여를 양적으로, 질적으로 높여 나갈 것인지에 관한 계획까지 알아야 합니다. 국민 참여율을 나타낼 수 있는 최신의 구체적인 통계자료나 설문조사 자료 등을 파악할 수 있다면 금상첨화입니다.

기념일이나 특정 행사에 쓰일 말씀자료라면 해당 기념일이나 행사의 배경과 내용을 자세히 파악해야 합니다. 예를 들어 탄소중립과 관련된 행사에서 쓰일 축사의 경우라면, 주제 자체가 글로벌한 이슈에 해당하는 만큼 국내뿐만 아니라 해외의 정책사례 등을 파악해 둘 필요가 있습니다. 다음 사례에서는 탄소중립과 관련한 EU의 정책사례를 파악하여 반영하였습니다.

공감하시듯 기후변화는

미래에 도래할 막연한 위기가 아닌

전 지구가 당면하고 있는 엄중한 현실입니다.

새로운 경제사회구조로 전환을 위한 능동적 대응은

국가의 생존을 위한 필수적 과제입니다.

'EU 그린딜 이니셔티브'를 적극 추진하고 있는

유럽연합 국가들을 필두로

2050 탄소중립을 향한 국제사회의 움직임은

더욱 빨라지고 있습니다.

　추도사 혹은 추모사를 준비하는 경우에는 그 배경이 되는 사건에 대해서 자세하게 공부해야 합니다. 사건이 일어난 장소적 특징은 물론, 몇 분이 희생되었는지, 주로 희생된 분들은 누구인지까지 파악해야 합니다. 그래야 형식적이고 뻔한 글을 피할 수 있고 그래야 공감을 불러일으킬 수 있는 글이 될 수 있습니다.

　자료를 찾는 일이 번거롭고 쉽지 않은 일이지만, 좋은 말씀자료 글을 위해서는 포기할 수 없는 과정입니다.

팩트입니까?

　말씀자료 글에 들어가는 내용은 당연히 사실에 부합하는 내용이어야 합니다. 정부 부처나 해당 기관의 공식적인 입장인지 확인해야 합니다. 가령 정책결정권자까지 보고되지 않은 실무선에서 검토되고 있는 계획이라면 기관의 공식적인 입장으로서 말씀자료에 담는 것은 피해야 합니다. 변동 가능성이 있는 것을 마치 확정하여 추진하는 것처럼 말하는 것은 책임 있는 사람의 책임 있는 자세가 아닙니다. 사실이 아닌 내용이 공식적인 자리에서 언급되었을 때, 경우에 따라서는 큰 파장을 불러일으킬 수도 있습니다. 해당 기관의 정책에 관한 부분뿐만 아니라, 다른 기관에서 추진하는 정책이나 사업인 경우에도 자료를 조사하는 과정에서는 그 기관의 공식적인 입장인지 반드시 확인하는 과정을 거쳐서 말씀자료에 인용해야 합니다.

　통계자료를 활용하는 경우라면 가급적 최신 자료를 파악하여 인용해야 합니다. 매년 발행되는 통계치라면 가급적 최신의 통계자료를 반영해야 합니다. 공식적인 통계자료가 오래된 것이라면, 해당 주제에 대한 현황을 보여 줄 수 있는 다른 측면의 통계나 자료는 없는지 찾아보는 노력도 필요합니다.

1.8. 08:30 중대본의 추억

중대본?

코로나19 상황 속에서 TV에 꽤 자주 노출되었던 장면이 있습니다. 노란색 민방위복을 입은 국무총리, 복지부·행안부 장관이 당일의 코로나 상황을 설명하고 국민들에게 협조를 당부하는 중대본(중앙재난안전대책본부) 회의 모습입니다.

코로나 상황이 심각했던 당시에는 세 사람이 돌아가면서 중대본 회의를 주재했습니다. 회의와 함께 시작되는 5분가량의 모두발언은 언론에 모두 공개되었습니다.

메시지 업무를 맡아 일하는 동안 큰 부담으로 느껴졌던 일 중 하나는 바로 이 '중대본 회의' 모두발언 말씀자료 준비였습니다. 관련 중앙부처와 17개 시도, 226개 기초자치단체가 모두 참여하는 대규모 회의인 것도 그 이유였지만 그보다 더 큰 이유는 앞서 말한 것처럼 발언 내용이 언론에 공개된다는 점이었습니다.

회의가 시작되면 사전 배포된 중대본 회의 모두발언 자료를 토대로 '속보' 형태의 기사가 인터넷에 올라옵니다. 뉴스채널에서는 발언 장면을 중계하고 공중파 방송에서는 주요내용과 장면을 인용하여 보도하게 됩니다. 보도가 많이 되면 많이 되는 대로, 적게 되면 적게 되는 대로 부담이 클 수밖에 없었습니다.

모두발언은 대개 전날까지의 코로나 확진자 추이, 정부의 코로나 대응 상황과 대책, 국민들에게 협조를 당부하는 내용으로 구성되었습니다. 평일 중대본 회의는 보통 아침 8시 반에 열렸고, 모두발언 준비는 전날 오후부터 시작되었습니다. 전날 오후 5시 무렵, 코로나 대응을 총괄하는 부서에서 초안을 보내옵니다. 해당 초안을 토대로 장관, 안전담당 비서관과 함께 모두발언에 담을 주요 내용과 전반적 톤에 대해 논의하게 됩니다. 회의가 빈번하게 열리고, 매일 언론 대상 별도 브리핑이 이루어지던 상황에서 이미 발표된 내용과 다른 내용을 찾아 담기는 쉽지 않은 일이었습니다.

세 사람이 모인 자리에서 대략적인 모두발언의 방향이 정해지면 그를 바탕으로 세부 내용을 작성하는 것은 저의 몫이었습니다. 통상 밤 10시에서 11시경에 어느 정도 정리된 2차 초안이 나왔고 해당 버전을 장관께 보낸 뒤 다시 피드백을 받는 과정이 이어졌습니다.

문제는 9시 뉴스

논의를 거쳐 다음 날 아침 중대본 회의에서 발언할 내용을 열심히 준비했지만, 전날 밤 9시 뉴스에 먼저 보도되는 일도 있었습니다. 그야말로 맥 빠지는 상황이었습니다. 이미 언론을 통해 알려진 사실을 똑같이 반복할 수는 없는 일입니다. 부랴부랴 다시 자료를 조사하고 언론에 공개되지 않은 새로운 내용으로 모두발언 자료를 다시 만들어야 했습니다. 떨리고 고통스러운 과정이었습니다.

장관 피드백을 거쳐 말씀자료에 들어갈 메시지의 내용이 어느 정도 정해진 다음부터는 구성과 표현을 부드럽게 다듬는 일이 새벽까지 이어졌습니다. A4 3장 분량의 말씀자료에는 각 문단마다 하나의 메시지(전달하려는 핵심 내용 정도로 표현하겠습니다)를 담았습니다. 10개의 문단이라면 10개의 핵심 내용이 글 안에 담겨 있으므로, 문단의 배치를 바꾸어 가면서 흐름이 가장 자연스러운 구성 상태를 찾았습니다.

국민들이 이해할 수 있을까?

신경을 많이 썼던 부분 중 하나는 '과연 국민들이 이해할 수 있을까?'였습니다. 정책을 직접 담당하고 있는 사람들에게는 내용이나 표현에 이물감이 들지 않겠지만 일반 국민들은 다르게 느낄 수 있습니다. 정제된 표현이지만 가급적 대중적인 단어를 사용하려고 노력했습니다. 내가 알고 있는 단어의 뜻과 뉘앙스가 정말로 맞는 것인지 사전을 찾고 고치는 과정도 거쳤습니다.

그렇게 말씀자료가 어느 정도 다듬어지고 나면 부처 내에서 코로나 업무를 담당하지 않는 일반 부서의 직원들과 지인들에게 확인받는 과정을 거쳤습니다. 일반인 관점에서 이해가 어려운 부분은 없는지, 문장이나 표현에 어색한 부분은 없는지를 피드백 받았습니다. 생각하지 못했던 문제점들을 발견하고 개선하는 데 큰 도움이 되었습니다.

말씀자료를 소리 내서 읽는 과정도 빼놓지 않았습니다. 눈으로만 글을 보는 것과 직접 소리 내어 읽어 보는 것은 차이가 매우 큽니다. 소리 내어 읽다 보면 문장이 너무 길어서 호흡이 쉽지 않은 경우, 단어의 발음이 어려운 경우, 앞 문단과 중복되는 표현 등이 자연스럽게 드러나기 마련입니다. 눈과 귀로 읽는 과정을 거쳐 문장을 간결하게 다듬고 단어의 배치도 바꾸어 가면서 더 자연스럽게 읽히도록 했습니다.

그렇게 밤사이 다듬고 고친 말씀자료는 새벽 5시 무렵 장관을 자택에서부터 수행하는 비서관에게 보내졌습니다. 날을 샌 상태였지만 긴장감으로 피곤함을 느낄 새 없었습니다. 아침 6시 무렵 휴대전화가 울립니다. 말씀자료의 주인공입니다. 호흡을 가다듬고 통화버

튼을 누릅니다. 말씀자료 2라운드가 그렇게 시작됩니다. 내용의 사실관계는 확실한지, 부처 간 이견은 없는 내용인지, 왜 그 표현을 사용했는지, 단어의 뉘앙스가 부정적인 것은 아닌지, 추가되어야 할 다른 메시지 등은 없는지 등을 세밀하게 묻고 답하는 과정이 이어졌습니다. 압박 면접이었습니다.

마지막 라운드, 그 경계 위에서

긴장 가득한 통화가 끝나고 나면, 보완해야 할 사항들에 대해 장관께서 사무실에 도착하는 7시 반 무렵까지 약 한 시간 남짓 추가수정이 이어졌습니다. 전화벨이 울릴 때마다 도착을 알리는 전화일까 싶어 가슴이 철렁했습니다. 숨 가쁘게 수정한 최신 버전을 출력하고 그분의 책상 위에 올리고 나면 마지막 3라운드가 시작됩니다.

장관과 부처 내에서 코로나 업무를 총괄하는 실장 그리고 제가 한 테이블에 앉습니다. 관련 부서장과 비서관들도 배석한 상태에서 독회가 시작됩니다. 이미 장관께서는 파란색 플러스펜으로 말씀자료에 밑줄을 긋고 확인이 필요한 부분을 표시해 둔 상태였습니다. 표현이 어색한 부분은 독회 과정에서 최종 수정됩니다. 부처 간 협의가 완벽하게 이루어지지 않은 정부 대책 부분은 과감하게 삭제되기도 합니다. 그렇게 독회 과정을 무사히 넘기고 나서야 모두발언 말씀자료가 대변인실을 거쳐 언론에 배포되었습니다.

회의 30분 전 걸려 온 전화 한 통

한번은 이런 일도 있었습니다. 중대본 회의 말씀자료를 언론에 배포한 지 얼마 지나지 않아 실무 담당자가 다급한 목소리로 전화를 걸어 왔습니다. 말씀자료에 들어 있는 통계수치가 잘못되었다는 내용이었습니다. 등 뒤에서 식은땀이 흐르고 입안이 바짝 타들어 갔습니다. 가장 먼저 대변인실에 연락해서 자료 배포를 중단시킨 뒤 수치를 고치고 다른 부분까지 최종적으로 확인한 뒤에야 수정된 버전을 다시 배포했습니다. 중대본 회의 10분 전이었습니다. 끝날 때까지 끝난 것이 아닙니다.

장관께서는 보통 회의 시작 5분 전에 집무실에서 회의장으로 출발했습니다. 8시 반이 넘어 회의장에 함께 들어간 안전 비서관으로부터 모두발언이 잘 끝났다는 문자를 받고 나서야 비로소 긴장을 조금 내려놓을 수 있었습니다. 회의가 시작되자마자 중대본 모두발언과 관련한 보도가 쏟아지기 시작합니다. 약간의 시차를 두고 중계되는 TV 모니터 앞을 지키다 보면 간혹 발언 도중 발음이 꼬이는 장면도 볼 수 있었습니다. 가슴이 철렁하고 모든 것이 제 탓만 같았습니다.

한 시간 반가량 이어진 중대본 회의를 마치고 올라온 장관께서는 집무실로 들어가기 전, 걸음을 잠시 멈추고 늘 제게 물었습니다. "괜찮았어?"

급해도 확인해야 할 것들

말씀자료에 언급되는 사람의 이름, 주요 정책의 명칭, 통계수치 등은 반드시 두 번, 세 번 확인해야 합니다. 서두 부분에서 기관장 이름을 언급하는 경우가 많은데, 현직자가 맞는지 확인해야 합니다. 기관장이 교체된 지 얼마 지나지 않은 경우, 인터넷 포털에서 찾은 전직 기관장의 이름을 현직자 이름으로 오인하여 반영하는 예도 더러 있습니다.

통계수치의 경우 말씀자료가 사용되는 시점을 기준으로 최신 데이터를 반영하는 것이 좋습니다. 2~3년 지난 데이터를 기준으로 말하는 것은 말씀자료 자체도 올드하게 만듭니다. 최신 데이터라고 해도, 데이터를 산정하는 기준에 따라 수치가 달라질 수 있으므로 소관 부서에서 공식적으로 사용하는 데이터 기준을 확인하고 반영해야 합니다.

책임 있는 사람의 메시지는 그만큼 파급력이 크고 어딘가에는 꼭 기록으로 남는다는 사실을 기억하세요.

1.9. 말씀자료의 6가지 종류와 구조

말씀자료의 6가지 유형

정부와 자치단체 등 공공부문에서 쓰임새가 많은 말씀자료 글은 크게 현장 말씀, 영상 메시지, 언론브리핑, 담화문, 서면축사, 발간사의 6가지 정도를 꼽을 수 있습니다. 현장 말씀자료는 말 그대로 행사, 회의 등 청중을 앞에 둔 현장에서 말하는 데 사용하는 참고 글입니다. 축사, 환영사, 개회사, 기념사, 추도사 등이 포함됩니다. 청중들과 눈을 마주한 상태에서 사용되는 글인 만큼 현장 분위기와 맞아떨어지고 참석자들과도 적절한 교감이 이루어질 수 있도록 작성해야 합니다.

영상 메시지 글은 말하게 되는 사람이 현장 행사 등에 직접 참석하기 어려운 경우에 메시지를 영상으로 녹화하여 전달하는 데 사용됩니다. 코로나19의 영향으로 비대면 행사가 늘면서 활용 빈도가 높아졌습니다. 현장 말씀의 경우와 달리 현장 참석자들을 일일이 소개하지 않아도 되며, 발언 분량도 현장 말씀에 비해 적은 것이 일반적입니다. 현장에 직접 참석하지 않는 만큼 현장 분위기나 참석자들과의 교감에 대한 부담은 크지 않습니다.

언론브리핑은 특정 정책 또는 주요 현안에 대해 기관의 공식적인 입장을 언론 대상으로 발표하거나 설명하는 것을 일컫습니다. 새롭게 시행하거나 크게 변화된 주요 정책을 홍보하기 위한 목적으로 활용되기도 합니다. 브리핑의 1차 대상이 언론이지만, 언론을 매개로 최종적으로는 국민들에게 그 내용이 전달됩니다.

담화문은 국가 사회적으로 중요성이 큰 사안에 대해 정부나 기관의 입장을 밝히고 국민적 이해와 협조를 구하는 것을 목적으로 합니다. 형식적인 측면에서는 언론브리핑과 유사합니다.

서면축사도 현장 말씀만큼 많이 사용되는 말씀자료 글입니다. 각종 행사 현장에 직접 참석하거나 영상축사를 하는 대신 서면으로 갈음하게 됩니다. 서면축사 자료는 현장에서 배부되는 자료집 등에 반영됩니다. 토론회나 세미나는 서면축사가 사용되는 대표적인 사례입니다. 현장에 직접 참석해서 축사 등을 할 때도 자료집에 서면축사를 함께 싣는 경우가 많습니다.

발간사는 기관에서 자체적으로 발간하는 책자나 자료집의 발간을 기념하여 책자의 대략적 내용과 발간이 갖는 의의 등을 담은 글입니다. 각종 백서, 연보, 우수사례집 등의 가장 앞부분에 반영됩니다. 기관 대표가 소개함으로써 자연스럽게 발간자료가 갖는 중요성을 알리게 되고 자료집의 격을 높이는 효과가 있습니다.

말씀자료의 틀

말씀자료가 고객의 입맛을 반영한 맞춤형 제품이라는 점에서 보자면 말씀자료의 구성 방식도 정답을 콕 집어 말하기는 어렵습니다. 내용뿐만 아니라, 구성 역시 실제로 말하려는 사람의 취향, 말을 전달하는 스타일 등에 따라 달라질 수 있기 때문입니다. 말씀자료의 종류가 다른 만큼 일률적으로 하나의 적합한 구조를 정의하는 것도 무리입니다. 그럼에도, 말씀자료 작성에서 중요하게 고려해야 할 요소인 청중과 독자들의 입장에서 생각해 보면 '무난한' 수준의 말씀자료 형식과 구성은 제시할 수 있어 보입니다.

말하는 사람이 자연스럽게 말하는 데 무리가 없고 듣는 사람들도 그 말을 쉽게 알아듣기 위해서는 글의 표현과 내용이 쉬워야 하는 것은 당연합니다. 그에 더해 전체적인 글을 이루는 한 문단, 한 문단이 연결성을 가져야 합니다. **글의 논리적 흐름이나 맥락이 끊어지지 않아야 말을 듣고 글을 읽는 사람이 이해하고 공감할 수 있습니다. 적당한 거리마다 징검다리가 튼튼하게 놓여야 강 건너편까지 안전하게 건널 수 있는 것과 마찬가지입니다.**

여기서 잠시 눈을 보고서로 돌려 보겠습니다. 공공 영역에서 사용하는 통상의 보고서는 일정 부분 정형화된 틀을 갖고 있습니다. '1. 현황 및 배경 2. 추진방안(내용) 3. 향후계획'입니다. 보고서의 세부 내용이나 분량에 따라 차이는 있을 수 있지만 90% 이상은 이와 구성이 유사합니다.

　보고서의 첫 번째 파트인 '현황 및 배경'에서는 검토의 대상이 되는 정책 또는 사안이 어떻게 추진되고 있고, 관련한 문제점 등이 무엇인지 등을 담습니다. 이는 자연스럽게 뒤에 이어질 새로운 정책이나 사업을 추진하게 되는 논리적 근거가 됩니다. 두 번째 '추진방안(내용)'에서는 앞서 언급된 현황과 배경하에서 정책들을 발전시켜 나가기 위해 어떤 노력과 전략을 시행할 것인지 그 방안이 기술됩니다. 목표와 기대하는 바는 무엇인지(비전과 목표)도 포함될 수 있습니다. 마지막 '향후계획' 부분에는 추진방안에서 언급한 전략들을 시행하기 위한 일정계획 등이 포함됩니다.

　이 보고서 틀이 정부에서 수십 년간 유지되고 있는 것은 논리적 흐름과 이해 측면에서 가장 안정적이기 때문일 것입니다. 말씀자료 글의 구성도 보고서와 크게 다르지 않습니다. 서두-본문-마무리의 3단으로 구성할 때, 본문 부분에는 '지금 무엇을 하고 있고, 앞으로 어떻게 해 나가겠다.'라는 말이 중심이 되며, 이는 기관을 대표하는 사람이 하는 말 중 가장 핵심이 되는 '메시지'에 해당합니다.

　앞서 예를 든 보고서의 틀을 말씀자료 글에 응용해 볼 수 있습니다.

1. 서두
- 6가지 말씀자료 특성에 맞는 도입부 작성(2부에서 기술)
- 행사 개최 소회 및 의의, 참석자에 대한 감사 인사

2. 본문
- 주제와 관련된 주목할 만한 상황
- 주제와 관련하여 해당 기관이 해 온 정책적 노력
- 주제와 관련한 앞으로의 비전과 정책 방향

3. 마무리
- 행사 참석 감사 표시 및 관계자들의 관심과 지지 당부

현장 말씀과 영상 메시지, 서면축사를 위한 말씀자료에서는 글의 서두에서 의미 있는 행사를 개최하게 된 것에 대한 소감을 밝히고, 주요 참석 인사에 대한 감사를 표합니다.

위 틀에 따라 균형발전에 관한 가상의 행사에서 쓰일 말씀자료를 다음과 같이 구성해 볼 수 있습니다.

올해로 다섯 번째를 맞는
○○○○ 행사를 개최하게 된 것을
뜻깊게 생각합니다.

행사 개최를 위해 이 자리에 함께해 주신

참석자 여러분께 감사의 말씀을 드리고,

특별히 행사 개최에 각별한 관심을 갖고 지원해 주신

○○○부 ○○○ 장관님과 관계자 여러분께

깊이 감사드립니다.

본문 부분에서는 행사의 주제가 되는 문제와 관련하여 해당 기관
이 시행하고 있는 노력을 소개하고 앞으로 정책의 방향과 전략을
설명합니다.

인구감소와 지역소멸문제가

국가적 현안이 되는 상황을 해결하기 위해서는

지금까지와는 차원이 다른 정책적 노력이 필요합니다.

그동안 ○○○부를 비롯한 우리 정부는

○○○○법 제정, 과감한 재정분권 시책 추진 등을 통해 지역균
형발전을 지원해 왔습니다.

지금까지의 노력을 바탕으로

앞으로는 지역 상황을 가장 잘 알고 있는 자치단체가

균형발전의 주체로서 지역개발 전략을

직접 구상할 수 있는 현장 관점의 정책추진 기반을

강화해 나가야 합니다.

정부는 앞으로
지역이 발굴한 사업을 예산편성의 기초로 삼는
○○○○ 제도를 시행하는 한편,
지역이 찾아낸 규제와 불합리한 법령에 대해서는
범정부 합동규제개선 TF를 통해 원스톱으로
해결해 나가겠습니다.

　마무리 부분에서는 본문에서 언급되지 않은 별도의 논점을 반영하지 않고 행사 참석에 대한 감사 인사와 앞으로의 관심을 당부하는 내용으로 간단히 마무리하면 무난합니다.

다시 한번,
뜻깊은 행사에 참석해 주신 여러분께 감사드리고
지역균형발전을 위한 여러분의 지속적인 관심과
지원을 당부드리겠습니다.
고맙습니다.

1.10. 누굴 먼저 소개하지?

제3의 의전

말씀자료는 그 자료가 쓰이게 되는 행사, 회의 등 계기가 있습니다. 대외적으로 공개되는 행사나 회의라면 대부분 '관계자'가 있기 마련입니다. 행사를 공동으로 주최하는 기관의 대표가 될 수도 있고, 정책발표 대회에서는 심사를 맡은 교수가 될 수도 있습니다. 세미나와 토론회에서는 주관하는 학회장, 토론자로 나선 사람들이 그 관계자일 수 있습니다.

이렇게 말씀을 하게 되는 계기와 관련된 중요한 '관계자'들에 대해서는 말씀자료에 언급하여 감사를 표하는 것이 일반적입니다. 말씀에서 참석자의 이름을 언급함으로써 행사의 분위기를 부드럽게 만들 수도 있습니다. 언급되는 사람이 어느 정도 중요한 위치에 있는 사람이라는 것을 간접적으로 나타내는 효과도 있습니다. 그래서 주요 인사를 말씀에서 언급하는 것은 일종의 의전으로 여겨지기도 합니다.

참석자들을 사전에 꼼꼼히 확인하고 말씀자료에 반영하되, 행사를 준비하는 과정에서 변동되는 부분은 바로바로 업데이트해 두어야 합니다. 당초 행사에 참석하기로 했지만 부득이한 사정으로 행사 직전에 참석이 어렵게 된 경우도 있고, 그 반대로 행사 참석이 어렵다고 사전 통보했지만 행사 당일에 참석의사를 밝히는 경우도 적지 않습니다. 따라서 말씀자료에는 최신 현황을 반영하여 소개할 인물들을 정리해야 합니다. 행사 직전 참석자가 바뀌어 수정된 자료를 출력하기가 어려운 상황에서는 쪽지에 적어서라도 그 변동상황을 전달해야 합니다.

주요인사 소개 순서

말씀자료를 작성하는 과정에서 적지 않게 고민하는 부분 중 하나가 행사에 참석하거나 관계되는 주요 인사 중 '누구를 먼저 소개할 것인가'입니다. 주요 참석자를 빠뜨리지 않고 언급하는 것만큼 참석자들을 소개하는 순서도 잘 고려해야 합니다. **우리나라에서는 누가 먼저 소개되는지가 곧 누가 더 중요하고 의미 있는 사람인가를 의미하는 것으로 인식되곤 합니다.** 그래서 여러 기관의 인사가 참석하는 행사에서는 '왜 이 사람을 저 사람보다 먼저 소개해야 하지?'라고 누군가 물었을 때 우물쭈물하지 않고 답할 수 있는 합리적 기준과 원칙이 필요합니다.

먼저, 부처와 자치단체 간의 관계에서 가장 깔끔하고 일반적으로 통용되는 방법은 '중앙부처 → 광역자치단체 → 기초자치단체' 순으로 소개하는 것입니다. 소개되는 사람의 직위 등이 비슷할 경우 위의 순서대로 참석자들을 소개하되, 다수의 광역단체장 또는 기초자치단체장 등이 참석한 경우에는 기관별 직제 순서에 따라 소개합니다. 다만, 이 직제 순서가 법령상에 정해져 있지는 않습니다. 특별시 및 광역시가 앞서고 도(道)가 뒤를 잇는 관례와 함께 자치단체가 설치된 순서 등이 고려됩니다. 행정안전부가 매년 발행하고 있는 '자치단체 일반현황'은 특별시와 광역시, 도, 시군구의 순서를 정하는 기준으로 활용할 수 있습니다.

만약 다른 자치단체에서 모두 단체장이 참석했지만, 특정 자치단체에서 부단체장이 참석한 경우에는 단체장이 참석한 지역을 먼저 소개하고 부단체장이 참석한 지역을 나중에 소개합니다. 광역자치단체와 기초자치단체가 함께 참석하는 경우 광역자치단체 인사를 먼저 소개하는 것이 일반적입니다.

다음 사례는 2021년도 전남 목포시에서 열린 '한국섬진흥원 출범식' 기념사 중 일부입니다. 전남지사와 목포시장이 가장 먼저 소개되고 있습니다. 전남지사는 광역단체장인 만큼 가장 먼저 소개하고, 이어서 목포시장을 소개합니다. 목포시는 직제 순서도 가장 앞서지만, 행사의 개최지가 목포라는 점이 우선 고려되었습니다. 이

어서 직제 순서에 따라 여수, 완도, 진도, 신안을 소개하였고, 전라
북도에 속해 있는 군산시를 마지막에 소개했습니다. 엄밀하게 직제
순서를 따지자면 전북지역이 전남지역보다 앞서지만, 한국섬진흥
원이 소재한 곳이 전남이라는 점을 감안하여 전남지역을 먼저 소개
하고 전북을 마지막에 소개하였습니다.

【사례: 한국섬진흥원 출범식 기념사】

의미 있는 자리에 함께해 주고 계시는

○○○ 전남지사님과, ○○○ 목포시장님께

특별한 감사의 말씀을 드리고,

○○○ 여수시장님과 ○○○ 완도군수님,

○○○ 진도군수님, ○○○ 신안군수님,

○○○ 군산시장님,

그리고 ○○○ 목포해양대학교 총장님께도

감사드립니다.

지역구 국회의원, 시도의원, 시군구의원이 참석한 경우도 잘 살펴
보아야 합니다. '국회의원 → 시도의원 → 시군구의원' 순으로 소개
하면 됩니다. 만약 시도가 주최하는 행사에서 시도지사, 국회의원,
시도의원, 시군구청장, 시군구의원이 모두 참석해 있는 경우를 가
정할 경우에는 '시도지사 → 지역구 국회의원 → 시도의원 → 시군

구청장 → 시군구의원' 순으로 소개하면 무난합니다.

얘기했듯 이것이 절대적인 기준은 아닙니다. 행사의 성격이나 분위기, 행사 주최 및 주관기관, 행사에서 말씀하실 분과 다른 주요인사들 간의 관계를 종합적으로 고려하여 그 순서를 달리 정할 수도 있습니다. 이 순서는 말씀하실 분이 최종적으로 정하는 것이지만, 실무에서는 적절한 기준과 원칙을 갖고 말씀자료에 반영해야 합니다.

여러 중앙부처에서 유사한 직위의 관계자가 참석하여 소개하는 경우, 이 역시 직제 순서에 따라 기관을 배치하면 됩니다. 정부조직법 제26조(행정각부)에서는 각 부처들을 순서대로 나열하고 있습니다. 보고서에 기관을 나열하는 경우 그 순서를 정하는 경우에도 응용할 수 있습니다. 대외적으로 공개되는 보고서나 계획서의 경우에도 간혹 어느 기관이 먼저 등장하는지가 쟁점이 되기도 합니다. 통용되는 합리적 기준을 적용하면 문제 되지 않습니다.

1.11. 어디에서 봤더라?

  법무부 주최로 매년 개최되는 다문화정책 관련 시상식에 보낼 서면축사 초안을 받았을 때입니다. A4 한 장에 담긴 글은 술술 읽히고 거의 손볼 것 없이 완벽해 보였습니다. 그런데 자세히 들여다보니 그 내용과 표현이 매우 낯익었습니다. 혹시나 해서 지난해에 비서실 검토를 거쳐 내보냈던 서면축사를 찾아보았습니다. 해가 바뀌어 행사의 회차와 상을 받는 지자체 명단이 바뀐 것을 빼면 이전 서면축사를 거의 그대로 복사해서 붙인 것이었습니다. 일종의 자기표절입니다.

  부처나 기관을 대표해서 타 기관에 보내는 축하 메시지가 지난해와 똑같을 수는 없습니다. 축사는 행사 개최를 축하한다는 1차적인 의미 외에도 행사의 주제와 관련하여 자기 기관에서 진행하고 있는 사업이나 정책을 홍보하는 계기로서 의미도 큽니다. 1년간 진행했던 부처의 업무나 사업내용이 과거와 똑같을 리 없습니다. 똑같다고 생각된다면 다른 것이 무엇인지 담당자는 찾아내야 합니다. 그럼에도 불구하고 내용에 대한 고민과 자료조사 없이 그대로 예전

버전을 활용하는 사례가 적지 않습니다. 장관이나 중요한 인물의 메시지는 어디엔가 그대로 기록되어 남기 마련입니다. 지난해와 똑같은 내용을 올해도 그대로 베껴 썼다는 것을 누군가 알게 된다면 얼마나 우스운 일일까요?

기존에 사용된 축사 내용을 참고하여 새로운 축사의 구성에 활용하는 것은 전혀 문제 될 일이 아니지만, 내용을 그대로 가져다 쓰는 것은 결코 안 될 일입니다. 지난 한 해 동안 진행된 구체적인 사업 사례나 성과를 찾아보고 업무계획을 토대로 앞으로 1년간 진행할 정책을 정리하다 보면 기존과 다른 글이 만들어질 수 있습니다.

유혹이 크지만 이겨 내야 합니다.

1.12. 그래도 글이 써지지 않을 땐

주문 제작 상품은 납품 기일이 정해져 있는 것이 일반적입니다. 말씀자료도 그 말씀자료가 쓰일 행사나 계기가 정해져 있습니다. 실제 제품의 경우, 재료 준비나 인력 확보, 제작공정 등에 문제가 없다면 정상적인 프로세스에 따라 납품 기일을 맞추는 것은 어렵지 않을 수 있습니다. 하지만 말씀자료 글쓰기는 조금 다른 이야기입니다.

글을 쓰는 것은 기계가 아닌 사람입니다. 공장에서 기계로 찍어내듯 글을 쓸 수는 없습니다. 글쓰기 재료에 해당하는 자료들이 준비되어 있더라도 글의 구성과 내용 작성에 어려움을 겪을 때가 분명히 있습니다. '글발'이 잘 받지 않는 날입니다. 일정 수준 이상의 제품(글)을 기일에 맞추어 넘겨야 한다는 조급한 마음이 그 원인일 수 있고, 설명하기 힘든 그날그날의 기분이나 환경이 글쓰기를 어렵게 할 수도 있습니다.

썼다, 지웠다를 반복해 보지만 모니터와 키보드는 사람을 주눅 들게 합니다. 부담감을 잔뜩 안고 쓰는 글이 쉽게 풀리고 자기 마음에 들어올 리 없습니다. 시간이 훌쩍 지나 있어도 채워지지 않는 모니터 화면을 보면 초조함이 더 커집니다.

분위기를 바꿔 볼 필요가 있습니다. 과감하게 모니터 앞을 벗어나 보세요. 대신 만만한 휴대폰의 메모장 앱을 사용해 보세요. 한결 편안한 마음으로 글을 쓸 수 있습니다. 생각나는 대로 톡톡톡 손가락을 움직이다 보면 어느새 초안이 완성되어 있습니다. 딱딱하지 않고 말랑말랑한 글이 됩니다.

휴대폰 메모장에 글을 쓰는 것은 글의 구조를 쉽게 파악할 수 있도록 하는 장점도 있습니다. 컴퓨터 모니터에서는 글을 쓰고 있는 1개의 페이지에 집중할 수밖에 없습니다. 전체적인 구성이나 틀을 한 번에 파악하기가 쉽지 않습니다. 반면, 휴대폰 메모장은 비록 작은 화면이지만 글을 쓰면서 여러 단락의 내용을 한 번에 볼 수 있습니다. 덕분에 위아래 문단 간 연결성이나 흐름을 파악하고 그에 맞춰 글을 쓰고 고치는 데 도움이 됩니다.

제가 비서실에서 있는 동안 썼던 말씀자료의 상당수는 모니터 앞이 아닌 출퇴근길 지하철 안에서 작성되었습니다. 오랜 시간 컴퓨터 키보드를 붙들고 있는 동안에도 완성하지 못한 글들이 휴대폰 안에서는 놀라울 정도로 쉽게 작성되는 경우가 많았습니다.

여러분도 시도해 보세요.

1.13. 글을 되돌아볼 때

충실한 내용을 바탕으로 초안이 작성되었다면, 글의 형식 등에 문제는 없는지 검토하는 과정이 필요합니다. 눈여겨보아야 할 몇 가지 포인트를 살펴보겠습니다.

제대로 읽히는지

브리핑이나 담화문을 포함하여 현장에서 직접 말하는 경우나 영상을 통해 말하는 경우라면 앞서 강조했듯 반드시 소리 내어 읽는 과정을 거쳐야 합니다. 영상 메시지 준비과정을 살펴보면, 준비된 말씀자료를 프롬프터에 띄워 놓고 녹화를 진행하는 것이 일반적입니다. 눈높이에 놓인 화면상의 글을 보면서 말하기 때문에 실제처럼 자연스러운 모습을 기대할 수 있습니다. 비서실에 있는 동안에는 영상 촬영기기가 준비되면, 제가 먼저 프롬프터에 띄워진 말씀자료를 보면서 소리 내어 말하는 일종의 리허설 과정을 거쳤습니다. 준비과정에서 소리 내어 읽어 가며 말씀자료를 검토했지만 더욱 실제 같은 리허설 과정에서는 보완해야 할 점들이 추가로 확인되었습니다. 예컨대, 특정 단어의 발음이 어렵거나 혹은 단어 그 자체에는 문제가 없지만 앞뒤의 단어와 연결되는 과정에서 이른바 '말이 꼬이는' 경우가 있습니다. 이때는 문제가 되는 단어를 비슷한 뜻의 다른 단어로 서둘러 교체했습니다. 문장이 너무 길어서 호흡이 자연스럽지 못한 경우도 많았습니다. 이때에는 문장을 둘로 나누거나 꼭 필요하지 않은 부분을 과감하게 삭제하여 가볍고 읽기 편하게 만들었습니다. 결국, 말씀자료를 사용하게 될 고객의 입장이 되어 진지하게 글을 들여다봐야 합니다.

문장이 너무 길지 않은지

열심히 글을 쓰다 보면 문장이 길어지는 것은 흔한 일입니다. 문장이 길어지면 글과 말을 통해 전달하려고 하는 핵심내용이 긴 글 뒤로 숨어 버리기 쉽습니다. 하나의 주어로 시작했지만 주어와 관련 없는 내용이 들어가기도 합니다. 중언부언하는 모양새가 됩니다. 현장 말씀에서 너무 긴 문장은 말하는 사람의 호흡에도 지장을 줍니다. 안정적으로 내용을 읽고 설명하는 것이 어려워집니다. 그래서 문장은 가급적 짧게 작성하는 것이 좋습니다. 검토 과정에서

문장의 길이가 길다고 느껴진다면 과감하게 2개 이상의 문장으로
끊는 시도가 필요합니다.

단어나 표현이 겹치지 않는지

서면으로 전달하는 말씀자료와 마찬가지로 현장에서 이루어지는
축사나 기념사, 브리핑문 등의 경우에는 단어나 표현이 겹치는지
여부를 확인해야 합니다. 추진하고 있는 여러 정책이나, 추진할 정
책의 방향에 대해 소개하는 경우 단어가 겹치는 일이 많습니다. 단
어의 중복은 소리 내어 읽어 보는 과정을 통해 잘 찾을 수 있습니다.
같은 단어가 반복되면 글의 진정성이 떨어져 보일 수 있습니다.

다음 사례 원안에서는 코로나19와 관련한 정부의 대응방향에 대
해 설명하고 있습니다. 첫 문단에서는 코로나19 대응체계를 "지속
적으로 개선"하겠다고 하고 다음 문단에서도 응급의료체계를 "지속
적으로 개선"해 나가겠다고 밝히고 있습니다. 개별 문단들을 보면
"지속적으로 개선"이라는 표현 자체에 문제는 없습니다. 하지만, 두
문단을 함께 놓고 보면 같은 표현이 반복되어 다소 부자연스럽다는
것을 알 수 있습니다. 수정안에서는 두 번째 문단에서 사용된 "지속
적으로 개선"을 "계속해서 보완"으로 바꾸었습니다.

정부는 앞으로도

위중증의 안전한 관리를 비롯한

의료 여력에 대한 객관적 평가를 바탕으로

코로나19 대응체계를 지속적으로 개선해

나가겠습니다.

이와 함께 정부는 특수한 상황에 있는 국민들이

보다 안심하고 의료서비스를 받을 수 있도록

응급의료체계 또한 지속적으로 개선해 나가겠습니다.

【검토안】

정부는 앞으로도

위중증의 안전한 관리를 비롯한

의료 여력에 대한 객관적 평가를 바탕으로

코로나19 대응체계를 **지속적으로 개선**해

나가겠습니다.

이와 함께 정부는 특수한 상황에 있는 국민들이

보다 안심하고 의료서비스를 받을 수 있도록

응급의료체계 또한 **계속해서 보완**해 나가겠습니다.

글을 쓰다 보면 위의 사례에서처럼 같은 표현이 사용되는 경우가 종종 있습니다. 대체할 용어나 표현이 도저히 없는 경우가 아니라면, 가급적 비슷한 뜻을 가진 단어로 바꾸어 보려는 작은 노력과 고민이 필요합니다. 다음은 몇 가지 예시들입니다.

노력하겠습니다. / 힘쓰겠습니다.

지원을 확대해 나가겠습니다./ 지원범위를 넓혀 나가겠습니다.

개선해 나가겠습니다. / 보완해 나가겠습니다.

시행해 나가겠습니다. / 추진해 나가겠습니다.

정비해 나가겠습니다. / 관리해 나가겠습니다.

글이 평면적으로 보이지 않는지

말씀자료에서는 현재 추진하는 정책을 소개하거나 앞으로 진행하게 될 계획을 설명해야 하는 경우가 많습니다. 이때 관련 내용들을 주욱 나열하는 형태로 구성하는 경우가 적지 않습니다. 강약 없이 내용이 평면적으로 구성되면 말하는 사람도, 듣는 사람도 밋밋한 느낌을 받게 됩니다. 이때, 적절한 연결어를 사용하게 되면 글이 입체적으로 변합니다. 중요부분을 강조하는 효과도 얻을 수 있습니다.

다음 첫 번째 사례는 현재 외국인 주민을 대상으로 지원 중인 사항과 앞으로 추진할 계획을 언급하고 있는 말씀자료 글입니다. 지원사항과 추진계획이 병렬적으로 나열되고 있습니다. 이어지는 검토안에서는 현재 진행 중인 지원사항과 앞으로 추진계획 사이에 "한발 더 나아가"라는 접속어를 집어넣었습니다. 덕분에 기존 외국인 주민 맞춤형 서비스보다 더 발전된 형태의 '맞춤형' 서비스를 준비 중이라는 점이 강조되고 있습니다.

【원안】

정부는 지난해 정부24 시스템에 외국인 전용 서비스를 개시하여 외국인 주민의 체류와 고용지원을 위한 맞춤형 서비스를 제공하고 있으며, 올해는 다문화가족 맞춤형 원스톱서비스를 구축할 계획입니다.

【검토안】

정부는 지난해 정부24 시스템에 외국인 전용 서비스를 개시하여 외국인 주민의 체류와 고용지원을 위한 맞춤형 서비스를 제공하고 있으며, 올해는 **한발 더 나아가** 다문화가족 맞춤형 원스톱서비스를 구축할 계획입니다.

비슷한 예를 하나 더 살펴보겠습니다. 이미 시행하고 있는 정책에 이어 앞으로 시행할 정책의 방향에 대해 소개하고 있습니다. 기존의

A정책을 통해 좋은 평가를 받고 있지만, 국민들의 편의성을 높이기 위한 노력을 계속해 나가겠다는 계획을 밝히고 있습니다. "여기서 그치지 않고"라는 표현 덕분에 추진 의지가 더 강하게 전달됩니다.

【원안】

지난해부터 시행하고 있는 A정책은 국민들로부터 좋은 평가를 받고 있습니다. 정부는 국민들이 요구하기 전에 필요한 서비스를 먼저 제공하는 전달체계를 새롭게 만들어 가겠습니다.

【검토안】

지난해부터 시행하고 있는 A정책은 국민들로부터 좋은 평가를 받고 있습니다. 정부는 **여기서 그치지 않고**, 국민들이 요구하기 전에 필요한 서비스를 먼저 제공하는 전달체계를 새롭게 만들어 가겠습니다.

주어와 술어의 호응이 적절한지

예시 문장을 먼저 보겠습니다.

장애인이 기회와 존중받을 때, 우리 사회는 더 나아질 수 있습니다.

장애인이 주어인 조건문입니다. 앞단에 해당하는 "장애인이 기회와 존중을 받을 때" 부분이 어색해 보입니다. 해당 부분을 주어인 '장애인'을 중심으로 나누어 보겠습니다. '장애인이 기회를 받을 때', '장애인이 존중받을 때'로 나누어 보니, 뒷부분인 '장애인이 존중받을 때' 부분은 자연스럽습니다. 하지만 앞부분 '장애인이 기회를 받을 때'라는 표현은 적절해 보이지 않습니다. 문장 전단의 술어에 해당하는 '받을 때'라는 말에 '기회'와 '존중'이 한꺼번에 이어지면서 발생한 문제입니다. 기회를 받는다는 것은 일반적으로 사용되는 표현은 아닙니다. 기회는 '주어진다' 또는 '얻는다'라는 술어와 더 잘 어울립니다.

원문을 다음과 같이 수정할 수 있습니다.

① 장애인이 보다 많은 기회를 얻고 존중받을 때, 우리 사회는 더
   나아질 수 있습니다.
② 장애인에게 보다 많은 기회가 주어지고 그들이 존중받을 때,
   우리 사회는 더 나아질 수 있습니다.

자신이 쓴 초안을 냉정한 눈으로 바라보지 않으면 자칫 그냥 보아 넘길 수 있는 부분입니다. 글을 쓴 본인은 이미 그 뜻을 이해하고 있어서 주어와 서술어 간 관계가 이상하더라도 문제로 인식하지 못할 수 있습니다. 자신의 초안을 다른 사람과 함께 보는 것이 도움이 될 수 있습니다.

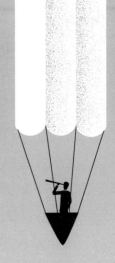

2부.

이제 한번 써 볼까?

2.1. 현장 말씀

교감의 메시지

행사가 열리는 곳에 직접 참석해서 말하는 경우 사용하는 글입니다. 개회사, 기념사, 격려사, 축사, 환영사 등 여러 이름으로 불립니다. 사람을 앞에 두고 직접 말하는 만큼 참석자들과의 교감이 특히 중요합니다. 교감을 잘하기 위해서는 상황과 분위기에 걸맞은 말씀이 되어야 합니다. 일방적으로 전달되는 말과 글은 행사의 빈 시간 때우기 용도 이상은 되기 어렵습니다.

1부에서 설명한 것처럼 말씀자료 작성에 앞서 행사의 내용과 성격, 참석자 등 기본적인 사항을 먼저 꼼꼼하게 파악해야 합니다. 그래야 글을 어떤 방향으로 쓰고 어떤 내용들을 담아야 할지, 어떤 톤으로 풀어 나가야 할지 가닥을 잡을 수 있습니다. 별다른 생각 없이 무작정 키보드 위에 먼저 손을 올리게 되면 시간은 시간대로 들였지만, 처음부터 글을 다시 써야 하는 상황을 맞을 수도 있습니다. **문제를 제대로 읽지 않으면 엉뚱한 답을 쓰게 되는 것과 마찬가지입니다.**

현장 말씀을 하는 상황은 크게 두 가지로 나눌 수 있습니다. 말씀의 계기가 되는 행사나 회의를 '주최하는 입장'에서 하는 경우와 다른 기관이 주최하는 행사에 '초청을 받은 입장'에서 하는 경우입니다. 100% 맞아떨어지는 것은 아니지만 실무적으로는 개회사, 기념사, 격려사가 주최기관 입장에서 하는 말씀에 해당하고, 축사나 환영사는 업무와 관련된 타 기관 주최 행사에 참석했을 때 주로 하게 됩니다.

각각을 조금 더 구체적으로 살펴보겠습니다. '개회사'는 말 그대로 행사의 시작을 알린다는 의미가 있습니다. 주최기관이 회의나 행사 개최의 의의를 담아 하는 말입니다. '기념사'는 국가·사회적으로 의미가 큰 날을 기념하는 자리에서 주빈이 하게 됩니다. 3.1절 기념식, 8.15 기념식 등은 널리 알려진 기념행사입니다. 새마을의 날, 자전거의 날 등 매년 반복되는 법정 기념일 행사에서도 기념사를 할 수 있습니다. '재난안전통신망 개통식 기념사'처럼 법에 정해진 기념일은 아니지만 중요성이 큰 특정 정책의 시작을 알리는 행사에서 하는 말도 '기념사'로 이름 붙일 수 있습니다. '격려사'는 시상식을 비롯하여 각종 성과나 노력을 치하하는 자리에서 주로 사용됩니다. '잘하고 있고(혹은 잘해 왔고) 더 발전하기를 기대한다.' 정도의 의미가 담깁니다.

'축사'는 의미 있는 행사를 개최하게 된 것에 대한 축하의 의미를 담은 말씀입니다. 초청받은 기관 또는 관계자가 축하의 메시지를 건넵니다. 초청된 주요 인사가 많은 경우 축사를 하는 사람은 두 명 이상이 될 수 있습니다. '환영사' 역시 주로 초청받은 입장에서 하게 됩니다. 중앙부처 주최 행사가 특정 지역에서 개최되는 상황이 그 예가 될 수 있습니다. 해당 지역 자치단체장이 행사 개최를 축하하고 지역을 찾아 준 참석자들을 환영하는 메시지를 담아 말할 수 있습니다. 반대로 주최기관 입장에서 환영사를 하는 사례도 적지 않습니다. 특정 분야 인재 육성을 위한 교육과정이 처음 시작되는 자리에서 주최 기관장이 교육생들을 환영하고 격려하기 위해 환영사를 할 수 있습니다. 여기서 교육생 대상 '환영사'는 '격려사'로 이름을 바꾸어도 전혀 어색함이 없습니다.

결국 '특정한 이름의 말씀을 특정한 상황에서만 해야 한다.'는 식의 정답은 없습니다. 각각의 말씀들을 칭하는 용어와 사전적 의미는 다를 수 있지만, 실제 현장에서 엄밀하게 구분해서 사용하지 않는 이유입니다. 용어에 얽매이기보다 상황과 역할에 맞는 내용을 제대로 구성하는 것이 훨씬 중요합니다.

【말씀 종류별 예시】

- 개회사
  - OGP 글로벌서밋 개회사
  - 대한민국 혁신박람회 개회사
  - 세계 재도전 포럼 개회사

- 기념사
  - 한국섬진흥원 출범식 기념사
  - 전자정부의 날 기념사
  - 지방의회 30주년 기념사

- 격려사
  - 정부혁신 유공자 포상 격려사
  - 지방자치경영대전 시상식 격려사
  - 하반기 퇴임식 격려사

- 축사
  - 주민자치활성화를 위한 국회 토론회 축사
  - 국가경찰위원회 출범 30주년 기념식 축사
  - 접경지역 균형발전 정책 엑스포 축사

- 환영사
  - 바르게살기운동 전국 대의원대회 환영사
  - 2050 탄소중립 실현을 위한 지자체 역할모색 세미나 환영사
  - 디지털정부 정책관리자 교육과정 환영사

행사나 회의를 주최하는 사람의 입장에서 해야 할 말과 초대받은 사람의 입장에서 해야 할 말은 차이가 있습니다. 주최하는 입장에서는 행사에 참석해 준 사람들에 대한 감사의 마음을 표하고, 행사의 의의를 설명합니다. 이어서 행사의 핵심내용이 되는 주제와 관

런하여 지금 어떤 노력을 펼치고 있는지, 그리고 앞으로 어떻게 더욱 발전시켜 나갈 것인지 그 비전과 전략을 설명하는 것이 자연스러운 흐름입니다.

초대를 받아서 간 행사에서 말하게 되는 경우라면 주최 측의 노력으로 뜻깊은 행사가 개최되었다는 점을 먼저 강조합니다. 행사 또는 행사의 핵심 내용이 되는 주제와 관련해서 우리 기관에서 하는 일들은 무엇이고 앞으로도 어느 부분에 방점을 두고 더 발전시켜 나갈 것이라는 점을 설명합니다. 마무리 부분에서는 행사를 통해 좋은 성과가 있기를 기대한다는 정도의 흐름이면 적절합니다.

두 가지 경우를 놓고 보면, 서두 부분과 마무리 부분에서 차이가 있을 뿐, 해당 기관에서 하는 일과 앞으로 할 일을 중심으로 내용을 구성하는 것은 모두 같습니다. 이제 주최 측 입장과 관계기관 입장 두 가지로 나누어 현장 말씀자료의 구성을 살펴보겠습니다.

현장 말씀의 흐름과 구조

1) 주최 행사 말씀

뜻깊은 행사에 참석해 주셔서 고맙습니다.
이번 행사는 이러이러한 의미가 있습니다.

(이번 행사의 주제가 되는 사항과 관련하여)

우리는 지금까지 이러이러한 일들을 해 왔고

그 과정에서 이러한 성과도 있었습니다.

앞으로 (행사의 주제가 되는 사항이)

더욱 발전할 수 있도록

이러이러한 일들을 해 나가겠습니다.

다시 한번 참석에 감사드립니다.

---

1. 서두
   - 주요 참석 인사 소개 및 감사 표명

2. 본문
   - 행사 의의 설명
   - 행사 주제 관련 정책 추진 경과와 그간의 노력 소개
   - 향후 정책 추진 방향 설명

3. 마무리
   - 참석자들의 관심과 지원 당부

---

(1) 서두

서두의 첫 부분은 행사 의의를 간단히 설명하면서 시작하면 자연

스럽습니다. 행사나 회의가 엄숙한 분위기에서 개최되는 경우가 아니라면, 자연스럽게 말씀을 시작할 수 있는 짧은 문구를 찾아서 활용해 볼 수 있습니다. '몇 번째 회차의 행사인지' 또는 '특정한 사건이 있고 난 뒤 첫 행사' 등 의미를 강조할 수 있는 사실을 찾아서 언급하는 것도 좋습니다. 날씨나 계절을 소재로 시작하는 것도 가능합니다. '봄의 한가운데로 성큼 다가서고 있습니다. 이 좋은 계절에 위원님들을 이곳 ○○○에서 뵙게 되어 더 반갑습니다.'처럼 계절에 관한 내용을 소재로 활용하여 글과 행사의 분위기를 더 부드럽게 만들 수 있습니다.

서두의 큰 부분을 차지하는 것은 행사에 참석한 주요 인사에 대한 소개입니다. 1부에서 설명한 소개 순서를 참고하되, 행사와의 관련성, 주최기관 여부 등을 종합적으로 고려하여 소개 순서를 정합니다. 행사의 세부 프로그램 중 시상식이 포함된 경우라면 상을 받는 사람들에 대한 격려의 멘트를 포함하는 것도 행사 참석자들을 배려하는 마음을 느낄 수 있게 합니다.

다음 사례는 2021년 전자정부의 날 기념사 서두 부분입니다. 네 번째를 맞는 전자정부의 날이라는 점을 언급하며 시작하고 있습니다. 우리나라 전자정부정책을 기획하고 심의하는 전자정부추진위원회의 민간위원장을 가장 먼저 소개했습니다. 이어서 당시 청와대에서 전자정부 관련 업무를 총괄했던 과학기술보좌관을 소개하고 있습니다. 맨 마지막에는 전자정부사업을 실행하는 전문기관인 지능정보사회진흥원의 대표를 언급했습니다.

【사례: 전자정부의 날 기념사】

안녕하십니까.

○○○부 장관 △△△입니다.

올해로 네 번째를 맞는 전자정부의 날입니다.

뜻깊은 자리에 함께해 주고 계시는

○○○ 전자정부추진위원회 위원장님,

○○○ 과학기술보좌관님과 ○○○ 제도개혁비서관님,

그리고 지능정보사회진흥원 ○○○ 원장님을 비롯한

여러 참석자 여러분 반갑습니다.

아울러, 전자정부 발전에 대한 노력과 성과를 인정받아

오늘 큰 상을 받게 되신 ○○○ 교수님을 비롯한

여섯 분의 유공자 여러분과,

디지털정부 서비스 디자인 개선 공모전을 통해

우수 제안상을 받게 되신 참가자 여러분께

축하의 말씀을 드립니다.

오늘 기념식 행사에는, 온라인을 통해서도

많은 분들이 함께하고 계시는 것으로 알고 있습니다.

반갑습니다.

행사프로그램 안에는 전자정부 발전유공자에 대한 시상과 디지털정부 서비스 디자인 개선 공모전 시상도 있었습니다. 이를 고려하여 상을 받은 수상자들에 대한 언급과 함께 유튜브 중계를 통해 행사를 지켜보는 국민들도 언급했습니다. 참석자들을 두루두루 배려하고 있다는 느낌을 갖게 합니다.

(2) 본문

본문은 말씀의 핵심 메시지를 담는 부분입니다. 본문을 풀어 나가는 방법은 여러 형태가 있을 수 있지만 논리성을 갖춘 무난한 방법은 지금까지의 노력과 경과, 현 상황을 먼저 설명하고 이어서 앞으로 나아갈 방향을 보여 주는 것입니다. 개조식 보고서를 작성하는 경우 통상 보고서의 전반부에서 '현황 및 경과'를 정리하고 후반부에서는 '추진계획' 또는 '추진방향'을 기술하는 것과 비슷한 맥락입니다. 먼저 행사의 의의와 경과를 소개합니다. 말씀의 계기가 되는 행사나 정책이 갖는 의미를 설명합니다. 행사의 의의가 쉽게 드러나지 않는 경우도 있습니다. **행사의 배경이 되는 정책에 대해 많은 이해를 하고 있어야 오늘 나의 모습(정책의 현주소)도 잘 드러나 보이기 마련입니다.**

다음 사례는 전자정부의 날 기념사 본문 중 도입부입니다. 2021

년은 2001년 전자정부법이 제정된 지 20년이 되는 해였습니다. 당초 말씀자료 초안에는 들어 있지 않은 내용이었지만 초안을 받아들고 자료조사를 하는 과정에서 법 제정 20년이 되는 해라는 점을 파악했습니다. 행사의 의미를 부각하기 위해서는 다양한 방법이 활용될 수 있습니다. 그중 행사의 시간적 의미를 살리는 것은 글의 무난한 시작을 돕고 차별화된 글이 되게 할 수도 있습니다. 이어지는 문단에서는 법 제정 이후 20년 동안 정부와 민간이 협력하여 전자정부가 큰 성장을 해 왔다는 점을 설명하고 국제적인 평가를 그 논거로 활용하고 있습니다.

【사례: 전자정부의 날 기념사 ①】

올해는 지난 2001년,

우리나라가 세계 최초로 전자정부법을 제정한 뒤

20년이 되는 해입니다.

지난 20년간,

전자정부에 관한 정부의 확고한 의지와 투자,

민간 영역의 뒷받침 그리고 국민들의 참여와 지지가

바탕이 되어 '성년이 된 전자정부'는

괄목할 만한 성장을 거듭해 왔습니다.

'UN 전자정부 평가'와

'OECD 디지털정부 평가' 결과가 말해 주듯,

우리나라의 전자정부는 이미 세계 최고 수준에

도달해 있습니다.

이후 문단부터는 주요 정책들을 사례로 그간의 정책 추진 경과와 성과를 언급함으로써 전자정부의 가치를 강조하고 있습니다. 코로나19가 확산하던 당시 상황에서 전자정부의 가치가 피부에 쉽게 와 닿을 수 있도록 '공적 마스크 앱'과 '국민 지원금' 등 국민들이 쉽게 이해할 수 있는 사례를 언급했습니다.

구체적 정책사례 활용은 말씀의 신뢰도를 높이는 가장 확실한 방법입니다. '전자정부는 공공서비스의 수준을 높이고 있습니다.'라는 말보다 '공적 마스크 앱과 긴급재난지원금 지급, 백신 당일 예약 접종 사례에서 볼 수 있듯 전자정부는 공공서비스의 수준을 높이고 있습니다.'라는 말이 훨씬 더 설득력 있어 보이는 이유입니다.

【사례: 전자정부의 날 기념사 ②】

그동안 종이 없는 민원처리, 모바일 서비스 확대 등

서비스 품질 향상을 위한 지속적인 노력을 통해,

국민 만족도와 신뢰도는 크게 높아졌고,

공공데이터 전면개방 추진과,

다양한 디지털 서비스 창출을 통해
디지털경제가 활성화될 수 있는 기반도
탄탄히 마련해 왔습니다.

이처럼 꾸준히 일궈 온
높은 수준의 전자정부 서비스 이용환경은
국민들의 자발적이고 적극적인 참여가 더해지면서
전례 없는 코로나19의 위기 속에서도
공공서비스의 수준을 한 단계 더 진화시키는 기회이자
원동력이 되고 있습니다.

공적 마스크 앱과 민·관 협업을 통한
긴급재난지원금의 신속한 지급, 그리고
최근 진행되고 있는 잔여 백신 당일 예약·접종은
그 대표적 사례들입니다.

　다음으로는 비전과 발전방향을 제시합니다. 본문의 전반부에서
행사나 정책 관련 그간의 주요 노력과 성과를 보여 줬다면, 후반부
에서는 앞서 제시된 성과들을 더욱 발전시켜 나가겠다는 방향성을
제시해 주는 것이 필요합니다. 행사를 계기로 관련 정책은 더욱 발
전될 것이고 그것을 위해 어떠한 노력을 중점적으로 기울여 나가겠

다는 비전을 보여 주는 것입니다.

전자정부의 날 기념사 본문의 마지막 부분에서는 전자정부 정책의 방향성을 잘 보여 주고 있습니다. '국민이 필요로 하는 정보를 먼저 알려 드림으로써 국민생활의 편의성을 높여 나가겠다.'는 수요자 중심 정책 추진이 그것입니다. 여기서도 중요한 것은 방향성을 보여 주되 그 논거는 충분히 제시되어야 한다는 점입니다.

사례에서는 국민 비서와 보조금 24 서비스가 국민 중심 서비스 제공의 시발점임을 언급하고 있습니다. 연내에 이루어질 모바일 운전면허증을 통한 온라인상의 신원증명 서비스 제공이 혁신적인 변화를 이끌 것이라는 점도 강조하고 있습니다. 끝으로 중장기적 관점에서 비전도 보여 주고 있습니다. 지능형 서비스 확대와 데이터기반 행정을 강화하는 한편, 디지털 기반의 지속 확충을 통해 국민 중심의 서비스를 실천해 나가는 것입니다. 마이데이터, 공공데이터 개방 등의 정책 사례와 구체적 목표 수치를 함께 활용하고 있습니다.

【사례: 전자정부의 날 기념사 ③】

앞으로의 전자정부는

국민이 요구하기 전에 국민이 원하는 정보를

먼저 알려 드리는 서비스를 활성화함으로써

국민 곁에 더욱 가까이 서게 될 것입니다.

지난 3월부터 백신접종 안내와

운전면허 갱신 등 국민에게 필요한 각종 정보를

맞춤형으로 알려 주고 있는 '국민 비서' 서비스와

내가 받을 수 있는 보조금 혜택을 한 번에 확인하고 신청할 수 있

는 '보조금 24' 서비스는

그 시작에 해당합니다.

올 연말, 모바일 운전면허증이 도입되면

온·오프라인에서 편리하게 신원을 증명할 수 있게 되고

이는 우리나라의 디지털 정부혁신에 있어서

더욱 새로운 변화를 이끌게 될 것입니다.

이 같은 국민 중심의

디지털정부 혁신에 관한 정부의 의지는

오늘 소개될 '제2차 전자정부 기본계획'에

잘 담겨 있습니다.

정부는 앞으로 2025년까지

마이데이터 활용 등 지능형 서비스를 확대하고,

공공데이터 개방 확대 등을 통해 데이터 기반 행정을 강화해 나

가겠습니다.

디지털 기반을 지속적으로 확충하여,

주요 공공서비스의 디지털 전환율을

80% 수준까지 높이고

공공부문의 클라우드 전환율은 100%를 달성함으로써

진정한 국민 중심의 서비스를 실천해 나가겠습니다.

(3) 마무리

글을 닫는 마무리 부분에서는 앞서 본문에서 언급된 내용들 외에 새로운 내용을 무리해서 추가할 필요는 없습니다. 행사에 도움을 준 사람들 또는 참석자들에 감사를 표하고 '지금까지 해 온 노력을 계속해 나가겠다.' 그래서 '더 큰 성과를 만들어 나가겠다.'의 취지로 글을 정리하면 됩니다.

참고로 글을 맺을 때 가장 많이 사용되는 표현 중 하나는 '다시 한 번'입니다. '다시 한번~ 감사의 말씀을 드리고', '다시 한번 ~을 뜻깊게 생각하고', '다시 한번 ~을 축하드리고'의 형태로 사용됩니다. 본문을 정리하고, 말(글)을 끝맺겠다는 것을 자연스럽게 암시합니다.

【사례: 전자정부의 날 기념사】

다시 한번, 네 번째를 맞는 전자정부의 날을

여러분과 함께 축하하고,

앞으로도 ○○○부를 비롯한 우리 정부는

국민이 주인이 되는 디지털 정부혁신을

계속해 나가겠습니다.

감사합니다.

【사례: 재난안전 통신망 개통식 기념사】

끝으로, 다시 한번

세계 최초의 재난안전 통신망이 개통될 수 있도록

힘을 보태 주신 여러분들께 감사의 말씀을 드립니다.

국가의 손길이 필요한 곳에서는 그 어디에서든

국가의 역할을 온전히 해낼 수 있도록 하는 데

이 소중한 통신망이 널리 활용되기를 기대하고,

앞으로 더욱 발전시켜 나가겠습니다.

감사합니다.

2) 초청받은 행사 말씀

앞에서는 행사를 주관하는 입장에서 작성하는 말씀자료를 살펴
보았습니다. 이번에는 **타 기관이 주최하는 행사에 초청받아 '객의 입
장'에서 말씀**하는 상황을 짚어 보겠습니다.

축사를 가정해 보겠습니다. 축사라는 의미에 걸맞게 '축하한다.'

라는 말을 하는 것은 당연하지만, 거기서 그치지 않고 '개최되고 있는 행사의 의미가 크고, 앞으로 발전을 위해 함께 노력해 나가겠다.'라는 내용으로 관심을 표하는 것도 중요합니다. 주최기관의 입장에서 생각해 보자면 초청받은 주요 기관의 대표가 문제 상황에 공감하고 그 문제를 풀어 나가거나 관련 정책 발전을 위해 함께하겠다고 공언하는 것은 큰 격려의 의미가 될 것입니다.

뜻깊은 행사를 개최해 주셔서 고맙습니다.
(이번 행사의 주제가 되는 사항과 관련하여)
주최기관에서는 지금까지
매우 의미 있는 활동들을 해 오셨습니다.

우리 기관도 해당 기관의 업무와 관련하여
이러이러한 일들을 하고 있습니다.

앞으로 (행사의 주제가 되는 사항이)
더욱 발전할 수 있도록
이러이러한 일들을 함께해 나가겠습니다.

다시 한번 뜻깊은 행사 개최를 축하드립니다.

말씀의 구조는 다음과 같습니다.

---

1. 서두
   - 행사 개최 축하 인사
   - 행사 주최자(관계자) 언급 및 감사·격려 표명

2. 본문
   - 행사의의 및 관련 상황에 대한 공감 표시
   - 행사 주최기관에서 추진해 온 그간의 활동들에 대한 평가
   - 행사 주제 관련 정책 추진 경과와 그간의 노력 소개
   - 향후 정책 추진 방향 소개 및 지원·협력 의사 표시

3. 마무리
   - 행사 재축하 및 행사의 긍정적 결과 기대

---

(1) 서두

초청을 받은 경우에는 행사 개최를 축하한다는 내용으로 글을 시작합니다. 부드럽게 말씀을 시작할 수 있고, 주위를 환기시키는 역할도 할 수 있습니다. 이어서 주요 참석자들을 언급하고 의미 있는 행사를 개최해 준 점에 대해 주최 측에 감사를 표합니다.

감사를 표하는 것은 초청받은 행사가 기관의 업무와 관련성을 갖는다는 점을 전제로 합니다. '우리 기관의 업무와 관련된 뜻깊은 행사를 개최해 준 점에 감사하다.'라는 취지입니다. 큰 고민 없이 인

사말에 '행사 개최에 감사합니다.'라는 표현을 사용하는 경우가 많습니다. 행사가 우리 기관의 업무와 어떤 관련성을 갖는지는 담당자가 분명하게 인식하고 있어야 합니다. 다음 사례에서는 초청받은 기관의 업무 중 하나인 '접경지역' 발전방안 모색을 위한 행사 개최에 감사를 표하고 있습니다.

【사례: 접경지역 균형발전 정책 엑스포 축사】

접경지역의 미래비전 모색을 위해 마련된 「접경지역 균형발전 정책 엑스포」 개최를 축하드립니다.

올해도 뜻깊은 행사를 주최해 주신
「접경지역 시장군수협의회」 소속시장·군수님들께
감사드립니다.

이 자리에 직접 참석해 주신
○○○ 양구군수님(회장), ○○○ 옹진군수님,
○○○ 김포시장님, ○○○ 연천군수님,
○○○ 화천군수님, ○○○ 고성군수님 반갑습니다.

포럼이 처음 시작된 지난 2017년부터
행사를 주관해 주고 계시는

서울신문사 ○○○ 사장님께도

감사의 말씀을 드립니다.

평소 접경지역 발전에 깊은 관심과 애정을 갖고

많은 도움을 주고 계시는 ○○○ 의원님과

○○○ 의원님께도 감사드립니다.

이 사례에서는 행사에 참석한 자치단체장들을 직제 순서에 따라 소개하고, 행사 주최기관인 언론사 대표에게도 감사를 표했습니다. 행사에 참석하는 국회의원도 소개했습니다. 일반적인 행사에서는 국회의원을 기초자치단체장들보다 먼저 소개하는 것을 관례로 볼 수 있지만, 위의 행사에서는 행사를 주최하는 기관이 '접경지역 시장 군수협의회'인 만큼 직접 당사자인 해당 협의회 소속 자치단체장들을 먼저 소개하고 이어서 지역구 국회의원들을 소개하고 있습니다.

(2) 본문

본문의 첫 부분에서는 행사가 개최되는 배경 상황을 간략히 설명하고 문제에 대한 해결 필요성이 크다는 내용으로 시작합니다. 문제를 충분히 이해하고 있고 관계자들이 처한 상황과 어려움에 공감한다는 메시지를 전달하려는 취지입니다.

【사례: 접경지역 균형발전 정책 엑스포 축사 ①】

잘 아시는 바와 같이

3개 시도에(인천·경기·강원) 걸쳐 있는 접경지역은

한반도의 중심부에 위치해 있고 개발에 유리한 측면도 많았습니다.

하지만, 분단상황과 관련된 안보상의 이유로

지난 70년간 개발 대상에서 배제됐었고,

이에 따라, 열악한 정주여건도 계속되면서

주민들의 불편과 희생이 특히 컸습니다.

최근 코로나19,

아프리카돼지열병으로 인한 어려움이

이어지고 있는 가운데,

군부대 재배치 등에 따른 상황변화로

상주인구도 감소하면서 그 어느 때보다 큰 어려움을

맞고 계십니다.

이 자리에 계신 여러 자치단체장님께서는

지역의 여러 어려움을 극복하고 지역발전의

새로운 토대를 마련해야 한다는 절실한 마음으로

오늘 함께 하고 계신 줄 압니다.

이어지는 본문의 후반부에서는 현재 상황과 관련하여 초청받은 기관의 입장에서 접경지역 발전을 위해 직접적으로 어떤 노력을 하고 있는지, 앞으로 어떠한 지원과 협력을 해 나갈 것인지를 핵심 내용으로 담고 있습니다. 행사를 주최하는 기관의 대표 자격으로 말하는 경우와 그 구조가 크게 다르지 않습니다.

【사례: 접경지역 균형발전 정책 엑스포 축사 ②】

○○○부를 비롯한 우리 정부는
접경지역이 국토의 새로운 성장축이 되고
지역 주민들의 생활 만족도가 높아질 수 있도록
자치단체와 함께 노력해 나가고 있습니다.

지난 2011년부터 '접경지역발전 종합계획'을 통해,
접경지역이 필요로 하는 새로운 정책 수요를 발굴하여
관련 지원사업을 추진해 오고 있습니다.

구체적으로는 도로 등 기반시설의 확충뿐만 아니라
복합커뮤니티 센터, LPG 배관망 구축 등을 통해
주민 복지수준을 높여 나가고 있으며,

해제되는 군사시설 보호구역이 새로운 관광자원이자
지역과 주민이 필요로 하는 생활·문화공간으로

거듭날 수 있도록 자치단체와 논의를 계속하고

있습니다.

본문의 마지막 부분에서는 접경지역을 직접적인 대상으로 하지 않는 간접적인 측면에서도 어떠한 지원을 해 나갈지 설명하고 있습니다. 사례에서는 우리나라 대부분의 접경지역이 인구감소 지역에 해당하는 만큼, 인구감소지역을 대상으로 지원하고 있는 내용을 접경지역에도 지원할 수 있다는 방향을 담고 있습니다.

접경지역 시군이 '디엠지 특별연합'이라는 특별지자체 출범을 목표로 다양한 노력을 추진 중인 점도 감안하여 글을 이어 가고 있습니다. 지자체 간 경계를 넘어서는 부울경 지역의 초광역 협력 사례를 언급하고 있습니다. 초광역 협력 활성화를 위한 지원이 진행 중인 만큼, 초광역 협력의 또 다른 가시적 사례가 될 수 있는 '디엠지 특별연합 지원에도 노력하겠다.'라는 내용으로 글이 이어집니다.

본문에서 비중 있게 반영되는 각종 지원사항과 관련, 직접적인 부분뿐만 아니라 간접적인 부분은 어떤 것들이 있는지 종합적으로 파악하고 글을 작성해야 합니다.

【사례: 접경지역 균형발전 정책 엑스포 축사 ③】

아울러, 우리 정부는

지역 특성에 맞는 사업을 지자체가 주체가 되어

주도적으로 추진해 나갈 수 있도록 다양한 토대도
마련해 나가고 있습니다.

올해 최초로 '인구감소지역'을 지정한 것을 시작으로
인구감소대책이 시급한 지역에는
내년부터 연 1조 원 규모의 지방소멸대응 기금과
2조 6천억 원가량의 국가보조금 사업 등을 활용하여,
지자체 스스로 창의적인 지역활력 사업을 개발하고
다양한 지역발전 사업과도 연계하여 추진할 수 있도록
자율성을 과감하게 부여하고 지원해 나갈 방침입니다.

행정구역 간 경계를 뛰어넘는
초광역 협력 활성화를 통해
지역의 경쟁력을 높이는 데에도 힘을 쏟겠습니다.

잘 아시는 바와 같이, 부울경 지역에서는 현재
내년 1분기 출범을 목표로 특별지자체 구성 준비가
활발히 진행되고 있습니다.

3개 지자체가 구성한 합동 추진단에서
필요한 사항을 자율적으로 발굴하여 제안하면,
부처가 지원하는 '바텀-업 형태'로 진행되고 있어

그 실효성과 현장의 만족도도 매우 높습니다.

접경지역 10개 시군도
'디엠지 특별연합'이라는 특별지자체 출범을 목표로
관련 연구용역('21. 12~'22. 6)을 추진하는 등
적극적인 준비를 해 나가고 계신 것으로
알고 있습니다.

접경지역의 특별지자체 설치 추진에 관한 사항도
적극적으로 지원해 나가겠습니다.

(3) 마무리

행사를 주최하는 경우의 말씀처럼 마무리 부분에 별도의 논점이
나 이슈를 제기할 필요는 없습니다. 행사 개최를 축하한다는 말을
다시 한번 언급하고, 행사를 통해 행사 개최의 목적이 잘 달성될 수
있기를 바란다는 덕담 수준의 말로 마무리하면 됩니다.

【사례: 접경지역 균형발전 정책 엑스포 축사】

다시 한번,
「접경지역 균형발전 정책 엑스포」 개최를 축하드리고
접경지역의 실질적 발전에 기여할 수 있는
창의적인 정책대안들이 활발히 논의되기를 기대합니다.

감사합니다.

마무리까지 썼다면 글을 그대로 마치기 전에 반드시 소리 내어 읽어 보는 과정이 필요합니다. 현장 말씀용 글은 입으로 말하기 위해 작성됩니다. 소리를 내서 읽다 보면, 눈으로만 봤을 땐 미처 알지 못했던 어색한 부분이 나오기 마련입니다. 두세 번씩 입 밖으로 읽어 가며 글을 윤기 나게 다듬어야 합니다.

전자정부의 날 기념사

안녕하십니까.

○○○부 장관 △△△입니다.

올해로 네 번째를 맞는 전자정부의 날입니다.

뜻깊은 자리에 함께해 주고 계시는

○○○ 전자정부추진위원회 위원장님,

○○○ 과학기술보좌관님과 ○○○ 제도개혁비서관님,

그리고 지능정보사회진흥원 ○○○ 원장님을 비롯한

여러 참석자 여러분 반갑습니다.

아울러, 전자정부 발전에 대한 노력과 성과를 인정받아

오늘 큰 상을 받게 되신 ○○○ 교수님을 비롯한

여섯 분의 유공자 여러분과,

디지털정부 서비스 디자인 개선 공모전을 통해

우수 제안상을 받게 되신 참가자 여러분께

축하의 말씀을 드립니다.

오늘 기념식 행사에는, 온라인을 통해서도
많은 분들이 함께하고 계시는 것으로 알고 있습니다.

반갑습니다.

올해는 지난 2001년,
우리나라가 세계 최초로 전자정부법을 제정한 뒤
20년이 되는 해입니다.

지난 20년간,
전자정부에 관한 정부의 확고한 의지와 투자,
민간 영역의 뒷받침 그리고 국민들의 참여와 지지가
바탕이 되어 '성년이 된 전자정부'는
괄목할 만한 성장을 거듭해 왔습니다.

'UN 전자정부 평가'와
'OECD 디지털정부 평가' 결과가 말해 주듯,
우리나라의 전자정부는 이미 세계 최고 수준에
도달해 있습니다.

그동안 종이 없는 민원처리, 모바일 서비스 확대 등

서비스 품질 향상을 위한 지속적인 노력을 통해,
국민 만족도와 신뢰도는 크게 높아졌고,

공공데이터 전면개방 추진과,
다양한 디지털 서비스 창출을 통해
디지털경제가 활성화될 수 있는 기반도
탄탄히 마련해 왔습니다.

이처럼 꾸준히 일궈 온
높은 수준의 전자정부 서비스 이용환경은
국민들의 자발적이고 적극적인 참여가 더해지면서
전례 없는 코로나19의 위기 속에서도
공공서비스의 수준을 한 단계 더 진화시키는 기회이자
원동력이 되고 있습니다.

공적 마스크 앱과 민·관 협업을 통한
긴급재난지원금의 신속한 지급, 그리고
최근 진행되고 있는 잔여 백신 당일 예약·접종은
그 대표적 사례들입니다.

앞으로의 전자정부는

국민이 요구하기 전에 국민이 원하는 정보를
먼저 알려 드리는 서비스를 활성화함으로써 국민 곁에
더욱 가까이 서게 될 것입니다.

지난 3월부터 백신접종 안내와 운전면허 갱신 등
국민에게 필요한 각종 정보를 맞춤형으로 알려 주고 있는
'국민 비서' 서비스와 내가 받을 수 있는 보조금 혜택을
한 번에 확인하고 신청할 수 있는 '보조금 24' 서비스는
그 시작에 해당합니다.

올 연말, 모바일 운전면허증이 도입되면
온·오프라인에서 편리하게 신원을 증명할 수 있게 되고
이는 우리나라의 디지털 정부혁신에 있어서
더욱 새로운 변화를 이끌게 될 것입니다.

이 같은 국민 중심의
디지털정부 혁신에 관한 정부의 의지는
오늘 소개될 '제2차 전자정부 기본계획'에 잘 담겨
있습니다.

정부는 앞으로 2025년까지

마이데이터 활용 등 지능형 서비스를 확대하고,
공공데이터 개방 확대 등을 통해 데이터 기반 행정을
강화해 나가겠습니다.

디지털 기반을 지속적으로 확충하여,
주요 공공서비스의 디지털 전환율을 80% 수준까지 높이고
공공부문의 클라우드 전환율은 100%를 달성함으로써
진정한 국민 중심의 서비스를 실천해 나가겠습니다.

이 자리에 함께하고 계시는 여러분들의 관심과 지원,
그리고 국민 여러분의 응원과 참여를 부탁드리겠습니다.

다시 한번,
네 번째를 맞는 전자정부의 날을 여러분과 함께 축하하고,
앞으로도 ○○○부를 비롯한 우리 정부는
국민이 주인이 되는 디지털 정부혁신을 계속해
나가겠습니다.

감사합니다.

접경지역 균형발전 정책 엑스포 축사

안녕하십니까?

○○○부 장관 △△△입니다.

접경지역의 미래비전 모색을 위해 마련된

「접경지역 균형발전 정책 엑스포」 개최를

축하드립니다.

올해도 뜻깊은 행사를 주최해 주신

「접경지역 시장군수협의회」 소속시장·군수님들께

감사드립니다.

이 자리에 직접 참석해 주신

○○○ 양구군수님(회장), ○○○ 옹진군수님,

○○○ 김포시장님, ○○○ 연천군수님,

○○○ 화천군수님, ○○○ 고성군수님 반갑습니다.

포럼이 처음 시작된 지난 2017년부터

행사를 주관해 주고 계시는
서울신문사 ○○○ 사장님께도 감사의 말씀을 드립니다.

평소 접경지역 발전에 깊은 관심과 애정을 갖고
많은 도움을 주고 계시는 ○○○ 의원님과
○○○ 의원님께도 감사드립니다.

잘 아시는 바와 같이
3개 시도에(인천·경기·강원) 걸쳐 있는 접경지역은
한반도의 중심부에 위치해 있고 개발에 유리한 측면도
많았습니다.

하지만, 분단상황과 관련된 안보상의 이유로
지난 70년간 개발 대상에서 배제됐었고,
이에 따라, 열악한 정주여건도 계속되면서
주민들의 불편과 희생이 특히 컸습니다.

최근 코로나19, 아프리카돼지열병으로 인한 어려움이
이어지고 있는 가운데, 군부대 재배치 등에 따른
상황변화로 상주인구도 감소하면서
그 어느 때보다 큰 어려움을 맞고 있습니다.

이 자리에 계신 여러 자치단체장님께서는
지역의 여러 어려움을 극복하고 지역발전의
새로운 토대를 마련해야 한다는 절실한 마음으로
오늘 함께 하고 계신 줄 압니다.

○○○부를 비롯한 우리 정부는
접경지역이 국토의 새로운 성장축이 되고
지역 주민들의 생활 만족도가 높아질 수 있도록
자치단체와 함께 노력해 나가고 있습니다.

지난 2011년부터 '접경지역발전 종합계획'을 통해,
접경지역이 필요로 하는 새로운 정책 수요를 발굴하여
관련 지원사업을 추진해 오고 있습니다.

구체적으로는 도로 등 기반시설의 확충뿐만 아니라
복합커뮤니티 센터, LPG 배관망 구축 등을 통해
주민 복지수준을 높여 나가고 있으며,

해제되는 군사시설 보호구역이 새로운 관광자원이자
지역과 주민이 필요로 하는 생활·문화공간으로
거듭날 수 있도록 자치단체와 논의를 계속하고 있습니다.

아울러, 우리 정부는
지역 특성에 맞는 사업을 지자체가 주체가 되어
주도적으로 추진해 나갈 수 있도록 다양한 토대도
마련해 나가고 있습니다.

올해 최초로 '인구감소지역'을 지정한 것을 시작으로
인구감소대책이 시급한 지역에는
내년부터 연 1조 원 규모의 지방소멸대응 기금과
2조 6천억가량의 국가보조금 사업 등을 활용하여,

지자체 스스로 창의적인 지역활력 사업을 개발하고
다양한 지역발전 사업과도 연계하여 추진할 수 있도록
자율성을 과감하게 부여하고 지원해 나갈 방침입니다.

행정구역 간 경계를 뛰어넘는 초광역 협력 활성화를 통해
지역의 경쟁력을 높이는 데에도 힘을 쏟겠습니다.

잘 아시는 바와 같이, 부울경 지역에서는 현재
내년 1분기 출범을 목표로 특별지자체 구성 준비가
활발히 진행되고 있습니다.

3개 지자체가 구성한 합동추진단에서
필요한 사항을 자율적으로 발굴하여 제안하면,
부처가 지원하는 '바텀-업 형태'로 진행되고 있어
그 실효성과 현장의 만족도도 매우 높습니다.

접경지역 10개 시군도
'디엠지 특별연합(가칭)'이라는 특별지자체 출범을 목표로
관련 연구용역('21. 12~'22. 6)을 추진하는 등
적극적인 준비를 해 나가고 계신 것으로 알고 있습니다.

접경지역의 특별지자체 설치 추진에 관한 사항도
적극적으로 지원해 나가겠습니다.
다시 한번 「접경지역 균형발전 정책 엑스포」 개최를 축하드리고
접경지역의 실질적 발전에 기여할 수 있는
창의적인 정책대안들이 활발히 논의되기를 기대합니다.

감사합니다.

2.2. 영상 메시지

그럼에도 현장이 깃든

현장 행사에 직접 참석하지 않고, 영상으로 녹화해서 메시지를 전달하는 방식입니다. 코로나19의 영향으로 영상 메시지의 활용 빈도가 높아지고 있습니다. 축사, 환영사, 추모사 등 다양한 형태의 메시지 전달이 영상으로 이루어지고 있습니다.

현장 참석의 부담이 없으므로 메시지를 요청하는 측과 그 요청에 응하는 측 모두에게 부담이 덜한 말씀 유형입니다. 청중을 앞에 두고 말하는 것보다는 편안한 분위기 속에서 진행할 수 있다는 장점이 있습니다. 분량도 현장 축사보다는 대체로 짧습니다. 주최 측 행사에서 현장 말씀의 경우 약 5분 정도를 배분합니다. 영상 메시지의 경우는 약 3분 이내의 분량이면 무난합니다. 30초 분량의 짧은 메시지를 요청하기도 합니다.

메시지를 영상으로 준비한다는 점을 빼면, 내용 측면에서 말씀 글에 들어갈 내용은 현장에서 직접 말하게 되는 경우와 큰 차이가 없습니다. 영상으로 촬영된 메시지가 사용되는 곳은 대부분 현장의 행사장입니다. 말을 하게 되는 사람이 현장에 없을 뿐, 말을 듣는 사람들은 행사장에 있습니다. 따라서, 행사의 내용과 순서는 어떻게 되는지, 행사의 분위기는 어떤지 등도 머릿속에 그려 가면서 말씀 자료의 톤을 조절해야 합니다. 직접 현장에는 없지만, 현장이 깃든 메시지가 되어야 합니다.

영상 메시지의 흐름과 구성

행사의 주최자(기관)가 현장에 가지 않고 영상 메시지로 대신하는 일은 매우 드문 상황입니다. 초청받은 입장에서 영상축사 등을 하는 경우가 대부분입니다. 따라서 글의 흐름과 구성 역시 앞서 설명된 초청받은 입장에서 하는 현장 말씀과 유사한 부분이 있습니다. 내용 면에서는 영상 메시지라는 특성상 다른 점이 존재합니다.

뜻깊은 행사 개최를 축하드립니다.
(이번 행사의 주제가 되는 사항과 관련하여)
주최기관에서는 지금까지
매우 의미 있는 활동들을 해 오셨습니다.

우리 기관도

해당 기관의 업무와 관련하여

이러이러한 일들을 하고 있습니다.

앞으로 (행사의 주제가 되는 사항이)

더욱 발전할 수 있도록

이러이러한 일들을 지원하고 협력해 나가겠습니다.

다시 한번 축하드립니다.

목차를 나누어 구성해 보면 다음과 같습니다.

1. 서두
 - 행사 개최 축하 및 감사 인사
 - 행사 주최자(관계자) 언급 및 감사·격려 표명

2. 본문
 - 행사의의 및 관련 상황에 대한 공감 표시
 - 행사 주최기관에서 추진해 온 그간의 활동들에 대한 평가
 - 행사 주제 관련 정책 추진 경과와 그간의 노력 소개
 - 관련 정책 지원계획 및 방향 소개, 지원·협력 의지 표시

3. 마무리
 - 행사 재축하 및 행사의 긍정적 결과 기대

1) 서두

서두는 모두 인사로 시작합니다. 현장 말씀에서는 참석자를 소개하는 부분이 가장 앞부분에 있었습니다. 행사장에서 대면하는 주요 인사를 소개하는 것이 중요한 의미를 가졌다면 영상 메시지에서는 사람을 직접 눈앞에 두고 얘기하는 것이 아니기 때문에 그 부분은 약하게 반영될 수 있습니다.

축사인 경우 대상이 되는 행사를 축하한다는 말을 가장 먼저 언급하고 내용을 이어 나가는 것이 무난합니다. 다만, 행사 축하의 의미 등을 담은 구체적인 표현 방법은 행사의 성격과 특성을 고려하여 고민할 부분입니다.

첫 번째 사례는 경기도의회가 새로운 곳으로 건물을 옮기고 문을 여는 개청 행사에 쓰인 축사 중 일부입니다. 기존 청사에서 30년이라는 긴 시간 동안 운영됐다는 점을 부각함으로써 자연스럽게 앞으로 새로운 청사 시대에 대한 기대감을 갖게 합니다.

【사례: 경기도의회 신청사 개청식 축사 ①】

반갑습니다.

○○○부 장관 △△△입니다.

경기도의회가 지난 30년간의

'효원로 청사 시대'를 뒤로하고

역사적인 '광교 신청사 시대'를 열게 된 것을

진심으로 축하드립니다.

 행사가 갖는 의미를 잘 찾아 언급해 주는 것은 글을 신선하게 하고 말하는 사람이 진심을 다하고 있다는 느낌을 줍니다. 현장 말씀에서와 같이 글을 쓰기에 앞서 충분히 자료를 찾아보고 글의 맛을 살릴 수 있는 재료들을 찾아내야 합니다.

 특별하게 행사의 의미를 찾아내기가 쉽지 않은 경우에는 간단하고 직접적으로 행사 개최를 축하한다는 말로 시작해도 무리가 없습니다. 두 번째 사례는 정례적으로 개최되는 학회행사 축사 중 일부입니다. '행사 개최를 축하한다.'는 수준에서 담백하게 시작하고 있습니다.

【사례: 지방자치학회 동계학술대회 축사】

안녕하십니까?

○○○부 장관 △△△입니다.

「2022년도 한국지방자치학회

동계학술대회」 개최를 축하드립니다.

앞의 첫 번째 사례에서도, 만약 따로 의미를 살릴 만한 내용을 찾기 어려울 때는 '경기도의회의 신청사 개청을 축하드립니다.'라는 말로 치환해도 무난합니다.

모두 인사 다음은 참석자 소개입니다. 행사 참석자를 일일이 나열할 필요는 없지만, 글의 어딘가에는 행사를 주최하는 핵심 참석자 등을 소개할 필요가 있습니다. 말씀의 앞부분에서 소개하는 방법과 말씀의 마무리 부분에서 언급하는 방법 모두 가능합니다.

다음 사례는 2021년에 개최된 전국자원봉사센터 대회에 영상축사 자료 중 일부입니다. 본 대회는 현장 자원봉사활동의 주축인 자원봉사센터 관계자들이 참석하는 전국 규모의 행사입니다. 전국에서 모인 자원봉사센터 관계자들을 일일이 호명할 수 없으므로 "전국 246개 센터 가족 여러분"이라는 표현으로 전체에 대한 관심을 표했습니다.

【사례: 전국자원봉사센터대회 축사】

안녕하십니까.

○○○부 장관 △△△입니다.

우리 사회 곳곳에 따뜻한 온기를 불어넣고 계신
전국 246개 자원봉사센터 가족 여러분 반갑습니다.

온라인과 오프라인으로 함께 진행되는

제18회 전국자원봉사센터대회 개최를 축하드리고,

코로나 상황으로 인해 어려운 가운데서도

뜻깊은 자리를 준비해 주신

○○○ 한국자원봉사센터 협회장님을 비롯한

관계자 여러분께 감사의 말씀을 드립니다.

자원봉사 활성화를 위해

헌신적으로 노력해 오신 공을 인정받아

영예로운 상을 받게 된 스물한 분의 수상자 여러분께도 축하의

말씀을 드립니다.

   행사 축하와 함께 전국자원봉사센터를 대표하는 협회장의 이름을 언급하고 감사를 표했습니다. 이날 행사에는 순서상 축사 이후에 유공자에 대한 수상 시간도 예정되어 있었으므로 미리 축하의 인사를 건넸습니다. 글의 시작과 함께 주요 인사를 언급하는 경우가 많지만, 그 순서가 반드시 정답은 아닙니다. 영상 메시지에서는 글의 흐름에 문제가 되지 않는다면 주요 인사 언급을 중간 부분이나 마지막 부분에 배치해도 전혀 문제 되지 않습니다.

   다음에 이어지는 첫 번째 사례인 '한국판 뉴딜 대토론회'에서는 주관기관장을 앞부분에 소개한 반면, 그다음 사례인 '한국지방재정공제회 지방투자분석센터 개소' 축사에서는 글의 중반부에 주요 인사

를 언급했습니다. 마지막 사례인 '경기도의회 신청사 개청식'에서는 경기도의회의 수장인 의회 의장을 맨 마지막에 언급하였습니다. 글의 흐름을 보고 어느 부분이 더 적절할지 생각해 보시기 바랍니다.

【사례: 한국판 뉴딜 대토론회 축사】

한국판 뉴딜을 지역으로 확산하고,
현장의 다양한 목소리를 듣기 위해 마련된
'대구·경북 대토론회' 개최를 축하드립니다.

의미 있는 토론회 준비에 힘써 주신
○○○ 정책기획위원장님과
경제 인문사회연구회, 대구광역시,
경상북도 관계자 여러분께 감사의 마음을 전합니다.

【사례: 지방투자분석센터 개소 축사】

한국지방재정공제회
지방투자분석센터 개소를 축하드립니다.

지난해 6월, 한국지방재정공제회가
타당성 조사 전문기관으로 지정된 이후,
8개월여의 준비기간을 거쳐 마침내 오늘
그 첫발을 내딛게 되었습니다.

그동안 투자분석센터 설치를 위해 노력해 오신

○○○ 이사장님을 비롯한

여러 임직원 여러분께 축하와 격려의 말씀을 드립니다.

【사례: 경기도의회 신청사 개청식 축사 ②】

거듭, 경기도의회의 신청사 개청을 축하드리고

○○○ 의장님을 비롯한

여러 의원님과 경기도민 여러분의 건강,

그리고 행운을 기원합니다.

2) 본문

통상 현장에서 진행되는 축사 본문에서는 그간의 관련 노력과 경과, 앞으로의 발전 방향과 기대하는 사항이 주요 내용이 됩니다.

현장 말씀에 비해 분량이 적은 영상 메시지에서는 탄력적인 내용 구성을 고려해 볼 수 있습니다. 모든 내용을 다 담기에는 분량의 한계가 있으므로, 선택과 집중을 통해 강조할 부분은 반드시 언급하되, 그렇지 않은 부분은 버리는 전략입니다.

예컨대, 분량이 짧은 영상축사에는 행사와 관련한 그간의 경과와 노력을 세세하게 언급할 필요는 없습니다. 1~2분 내외의 축사라면 그간의 경과나 노력에 대한 언급은 과감히 생략하고 행사 의의와 앞으로 기대하는 바를 중심으로 작성하는 것이 효율적입니다. **많지 않은 분량 안에 모든 말을 다 넣으려다가 모든 말을 다 놓칠 수 있습니다.**

다음 사례는 경기도의회 신청사 개청식 축사 본문 중 일부입니다. 별도의 경과 소개 없이 앞으로의 발전에 기대감을 표하는 내용이 바로 이어지고 있습니다. 만약 신청사 개청과 관련한 경과를 반영한다면, '언제 논의가 시작되었고, 건립과정에서 어떠어떠한 일들이 있었다.' 정도의 내용이 들어가게 될 것입니다. 분량이 충분히 허락되고 의미가 큰 경과가 있다면 언급을 고려할 수 있습니다. 그렇지 않은 경우라면 오히려 글을 산만하게 만들 수 있으므로 생략하는 편이 낫습니다.

【사례: 경기도의회 신청사 개청식 축사 ①】

'경기융합타운'에 함께 들어설 7개 기관 중

가장 먼저 자리를 잡게 된 경기도의회는

입주 기관들과의 긴밀한 협력을 바탕으로

경기도의 더 큰 발전을 일궈 나갈 것으로 기대합니다.

특별히, 새롭게 개청한 경기도의회 건물은

투명한 의회를 지향하며 탈권위적이고

민주적인 '열린 청사'의 가치를 상징화한 것으로

알고 있습니다.

　의미가 크고 배정된 분량도 상대적으로 긴 행사에서는 현장 축사의 경우와 마찬가지로 현황과 그동안의 노력들을 비중 있게 언급할 수 있습니다. 전국자원봉사센터대회 사례에서는 길어지고 있는 코로나19 상황 속에서 코로나 극복을 위해 전국자원봉사센터가 중심이 되어 노력해 온 내용들을 구체적으로 설명하고 있습니다.

　'방역활동에 앞장섰다.', '예방접종지원에 참여했다.' 수준에서 그치지 않고, 방역활동 사례인 '방역소독과 마스크 제작', 접종지원 내용인 '예방접종센터에서의 지원' 사례를 함께 제시했습니다. 이에 더해 '250만 명', '20만 명'이라는 구체적인 참여자 숫자도 함께 반영함으로써 글의 구체성을 높이고, 그를 통해 듣는 사람의 공감도 높이는 효과를 얻고 있습니다.

【사례: 전국자원봉사센터대회 축사】

그간 전국 17개 시도 246개 자원봉사센터는
자원봉사 문화가 현장 곳곳에 뿌리내리게 하는 데
핵심적인 역할을 담당해 왔습니다.

지난해부터 계속되고 있는 코로나19 상황 속에서
자원봉사센터의 역할과 그 가치는 국민 곁에서

더욱 빛을 발하고 있습니다.

약 250만 명의 자원봉사자들이 방역소독,
마스크 제작 등 코로나 극복을 위한 방역 활동에
앞장서 주셨고,
일상 회복의 분수령이 될 백신 접종의 시작과 함께
20만 명 이상의 자원봉사자들이 전국 예방접종센터에서
접종 지원활동에 참여해 주셨습니다.

여러분의 헌신적 노력에 깊은 감사의 말씀을 드립니다.

축사를 요청받았지만, 행사 주제가 요청받은 기관의 업무와 관련성이 크지 않은 경우도 있습니다. 무슨 말을 해야 할지 난감하겠지요. 이때는 '우리 기관이 어떻게 지원하겠다.'라는 내용보다는 마무리 부분에서 '앞으로 더욱 적극적인 역할을 기대한다.' 또는 '지원이 필요한 사항에 대해서는 적극 지원하겠다.'는 원론적 수준에서 작성하는 것이 안전합니다.

【사례: 지방투자분석센터 개소 축사】
한국지방재정공제회는 지난 50여 년 간 쌓아 온
탄탄한 신뢰의 토대 위에서
대규모 신규투자에 대한 객관적 사업분석을 통해

자치단체의 내실 있는 재정관리를

더욱 힘 있게 뒷받침할 것으로 기대합니다.

다시 한번, 지방투자분석센터 개소를 축하드리고

한국지방재정공제회가 존경받는 지방자치단체의

동반자로서 더욱 발전해 나가기를 기원합니다.

감사합니다.

한국지방재정공제회 지방투자분석센터 사례에서는 "자치단체의 내실 있는 재정관리를 더욱 힘 있게 뒷받침할 것으로 기대", "존경받는 지방자치단체의 동반자로서 더욱 발전해 나가기를 기원"한다는 말을 포함하여 마무리하고 있습니다.

다음 경기도의회 신청사 개청식 사례에서도 "집행부는 물론 도민들과 더욱 가깝게 소통하는 자치분권 2.0 시대의 역량 있는 구심점이 될 것으로 확신"한다는 말로 무난한 수준에서 믿음과 기대의 메시지를 전달하고 있습니다.

【사례: 경기도의회 신청사 개청식 축사 ②】

경기도의회는

「소통과 화합의 새천년, 경기도의회」라는

새로운 비전을 바탕으로 집행부는 물론 도민들과

더욱 가깝게 소통하는 자치분권 2.0 시대의
역량 있는 구심점이 될 것으로 확신합니다.

3) 마무리

핵심 내용들은 이미 본문에 반영되어 있으므로, 행사 개최를 다시한번 축하한다는 정도의 수준에서 마무리합니다. 다소 압축적인 내용으로 구성되는 영상축사에서는 더더욱 심플하게 마무리하는 것이 좋습니다.

【사례: 전국자원봉사센터대회 축사】

다시 한번
'제18회 전국자원봉사센터대회' 개최를 축하드리고
전국자원봉사센터 가족 여러분 모두의 건강과 행복을 기원합니다.

감사합니다.

전국자원봉사센터대회 영상축사

안녕하십니까.
○○○부 장관 △△△입니다.

우리 사회 곳곳에 따뜻한 온기를 불어넣고 계신
전국 246개 자원봉사센터 가족 여러분 반갑습니다.

온라인과 오프라인으로 함께 진행되는
제18회 전국자원봉사센터대회 개최를 축하드리고,
코로나 상황으로 인해 어려운 가운데서도
뜻깊은 자리를 준비해 주신
○○○ 한국자원봉사센터 협회장님을 비롯한
관계자 여러분께 감사의 말씀을 드립니다.

자원봉사 활성화를 위해
헌신적으로 노력해 오신 공을 인정받아
영예로운 상을 받게 된 스물한 분의 수상자 여러분께도

축하의 말씀을 드립니다.

그간 전국 17개 시도 246개 자원봉사센터는
자원봉사 문화가 지역 현장 곳곳에 뿌리내리게 하는 데
핵심적인 역할을 담당해 왔습니다.

지난해부터 계속되고 있는 코로나19 상황 속에서
자원봉사센터의 역할과 그 가치는
국민 곁에서 더욱 빛을 발하고 있습니다.

약 250만 명의 자원봉사자들이
방역소독, 마스크 제작 등 코로나 극복을 위한
방역 활동에 앞장서 주셨고,
일상 회복의 분수령이 될 백신 접종의 시작과 함께
20만 명 이상의 자원봉사자들이 전국 예방접종센터에서
접종 지원활동에 참여해 주셨습니다.

여러분의 헌신적 노력에 깊은 감사의 말씀을 드립니다.

○○○부는
전국 자원봉사센터 하나하나가

우리 사회를 떠받치는 든든한 기둥이라 보고
자원봉사센터 활성화와 자원봉사 문화 확산을 위한
지원과 성원을 아끼지 않겠습니다.

다시 한번
'제18회 전국자원봉사센터대회' 개최를 축하드리고
전국자원봉사센터 가족 여러분 모두의 건강과 행복을
기원합니다.

감사합니다.

경기도의회 신청사 개청식 영상축사

반갑습니다.
○○○부 장관 △△△입니다.

경기도의회가
지난 30년간의 '효원로 청사 시대'를 뒤로하고
역사적인 '광교 신청사 시대'를 열게 된 것을
진심으로 축하드립니다.

'경기융합타운'에 함께 들어설 7개 기관 중
가장 먼저 자리를 잡게 된 경기도의회는
입주 기관들과의 긴밀한 협력을 바탕으로
경기도의 더 큰 발전을 일궈 나갈 것으로 기대합니다.

특별히, 새롭게 개청한 경기도의회 건물은
투명한 의회를 지향하며 탈권위적이고 민주적인
'열린 청사'의 가치를 상징화한 것으로 알고 있습니다.

경기도의회는「소통과 화합의 새천년,
경기도의회」라는 새로운 비전을 바탕으로
집행부는 물론 도민들과 더욱 가깝게 소통하는
자치분권 2.0 시대의
역량 있는 구심점이 될 것으로 확신합니다.

거듭, 경기도의회의 신청사 개청을 축하드리고
○○○ 의장님을 비롯한 여러 의원님과
경기도민 여러분의 건강, 그리고 행운을 기원합니다.

감사합니다.

2.3. 언론브리핑

브리핑(Briefing)은 '요점을 간추린 설명' 정도로 그 뜻을 풀이할 수 있습니다. 실무적으로는 언론을 대상으로 국민생활과 밀접한 정책이나 현안에 대하여 직접 설명하고 기자들의 질문에 응답하는 것으로 이해됩니다. 브리핑의 1차 대상은 언론입니다. 적지 않은 경우 그 내용은 TV 뉴스 등에 발언 그대로 보도됩니다. 사실관계에 특별히 유의해서 말씀자료를 준비해야 합니다.

브리핑 자료는 미리 준비된 정책이나 현안 보고서를 토대로 작성하는 것이 일반적입니다. 기초자료를 토대로 작성하므로 브리핑문 작성 자체에 대한 부담은 상대적으로 적은 편입니다. 다만, 브리핑에 따른 파급력이 큰 만큼 불필요한 오해의 소지를 최소화해야 합니다. 꼭 필요한 내용을 간추리고 미사여구를 뺀 다소 드라이한 표현들을 사용하여 작성하는 것이 안전합니다.

브리핑 주체 측면에서 보자면, 특정 부처나 기관이 단독으로 해당 기관의 업무 관련 사항을 브리핑하는 경우가 많습니다. 새롭게 시작되는 중요 정책의 내용과 의의를 설명하거나, 문제가 되고 있는 사안에 대해 처리 상황이나 향후 대책을 설명하기도 합니다. 중요성이 큰 이슈에 대해서는 관계부처나 기관 합동으로 대책이나 추진계획을 브리핑할 때도 있습니다. 관계기관 합동 브리핑을 하는 경우, 기관 중 1개 기관이 대표하여 브리핑문 전체를 발표하기도 하고, 각 기관 소관 사항별로 내용을 나누어서 발표하기도 합니다. 두 경우 모두 사전에 충분히 기관 간 협의를 하고, 확정된 내용을 바탕으로 브리핑문을 작성해야 하는 것은 당연합니다.

브리핑 시기와 관련해서는 특정 사안에 대해 관계부처 또는 기관 간 회의를 하고 당일에 그 결과를 브리핑하는 경우가 있습니다. 여러 부처를 아우르는 정부 정책의 경우, 통상 장차관급 회의 전에 실무 협의과정을 거쳐 부처 간 역할 등을 정리하는 것이 일반적입니다. 최종 회의는 협의가 된 사항을 형식적으로 확정하는 일종의 세리머니에 해당합니다. 최종 회의 전 발표될 정책내용과 브리핑 문안 등에 대해 부처 간 논의와 협의가 이루어진 상태이므로 회의 후에 바로 브리핑을 하더라도 부담이 크지 않습니다.

그러나, 일이 늘 생각한 대로만 진행되지는 않는다는 것을 우리는 잘 알고 있습니다. 한 번은 이런 일이 있었습니다. 대통령이 주재하고 17개 시도지사와 여러 부처 장관들이 모여 지역균형발전 방안을 논의하는 자리였습니다. 회의 후에는 정부의 지자체 지원전략을 종합적으로 설명하는 언론브리핑도 예정되어 있었습니다. 그날 역시, 부처별 지원전략은 사전에 마련되어 있었고, 회의 시작 전에 부처 간 조율을 마친 브리핑 문안도 장관에 건네진 상태였습니다.

회의가 한참 진행되는 동안 회의를 주관하는 부서로부터 다급한 전화 한 통을 받았습니다. 지원전략의 내용이 아닌 브리핑문안을 두고 한 부처에서 수정을 요구한 것입니다. 당초 브리핑문에는 '~추진'이라는 표현을 사용했지만, 수정을 요구한 사업 주관 부처에서는 '~추진 검토'라는 표현으로 수정해 줄 것을 요구한 상황이었습니다. 사업 추진에 영향을 미칠 수 있는 변수들이 있는 만큼 확정적인 표현을 사용하는 것이 부담스럽다는 입장이었습니다. 브리핑 시간이 한 시간여 남은 시점으로 등골이 오싹할 정도였습니다. 하지만 이견이 있는 내용을 그대로 발표할 수는 없으므로 문안을 서둘러 다시 수정했습니다. 자료를 다시 출력하고 수정이유를 적은 메모를 붙여 수행비서관에게 전달했습니다. 다행히 브리핑 시작 전 장관께 전달되었고 브리핑은 무사히 진행될 수 있었습니다.

이처럼 관계되는 기관이 다수이고, 회의에 이어서 브리핑이 진행되는 경우에는 시간이 다소 부족할 수 있지만 기관 간 밀도 있는 사전 협의 과정을 거쳐 내용과 표현을 확정해야 합니다.

이것(방안/계획)**에 대해 브리핑하겠습니다.**

이것은 이러이러한 상황과 관련되어 준비하게 되었습니다.

이것의 내용은 이러이러하며

앞으로 이렇게 추진하겠습니다.

목표로 하는 바를 이룰 수 있도록 최선을 다하겠습니다.

---

1. 서두
   - 언론브리핑 주제 소개

2. 본문
   - 주제 관련 간략한 현황 소개
   - 정책 및 대책 마련 과정 또는 배경(필요시) 설명
   - 정책 또는 대책의 핵심 내용 설명

3. 마무리

---

1) 서두

서두에서는 브리핑의 대상이 되는 내용이 무엇인지 간략히 소개합니다. 필요한 경우 브리핑 내용이 어떠한 과정을 거쳐서 만들어진 것인지 정도를 간단히 언급할 수 있습니다. 첫 번째 사례에서는 브리핑의 내용이 되는 전략이 어떠한 과정을 거쳐 준비되었는지를 먼저 설명하고 있습니다. 브리핑의 대상인 '초광역협력 지원전략'이 대통령 주재로 진행된 '시도지사 연석회의'에서 논의되고 확정된 사항이라는 점을 알 수 있습니다.

【사례: 초광역협력 지원전략】

○○○부 장관 △△△입니다.

오늘 대통령님 주재로 진행된

시도지사 연석회의에서 확정된

「초광역협력 지원전략」에 관하여 국민 여러분께

설명드리겠습니다.

이어지는 두 번째 사례는 인구감소가 심각한 지역에 대한 지원 방향을 설명하는 브리핑문 초안 중 일부입니다. 지역 소멸 문제가 국가·사회적으로 핵심 이슈가 되고 있는 상황과 관련됩니다. 브리핑하게 된 배경을 포함하여 서두가 다소 장황하게 이어지고 있습니다. 수도권 집중화의 문제, 지역 인구감소 등의 현상은 이미 충분히 알려진 것이므로 브리핑문에서 굳이 다시 말할 필요는 없습니다.

【사례: 인구감소지역 지정 및 지원방향(초안)】

존경하는 국민 여러분!

정부는 수도권과 지방이 균형을 맞추어

국가 발전의 양대 축으로 바로 서는 국가균형발전을 국정목표로

정하고 일관되게 추진하고 있습니다.

이를 위해 그동안 혁신성장, 지역균형 뉴딜,

자치분권과 재정분권,

최근 초광역협력 및 경제·생활권역 구축에 이르기까지 국가균형

발전을 위한 다양한 정책을 펼쳐 왔습니다.

그럼에도 국토 면적의 12%에 불과한 수도권이

전체 인구의 절반과 1,000대 기업 본사의 75%,

전국 GRDP의 52%를 차지하는

수도권 일극주의를 허물기 위해서는

아직 해야 할 일이 많은 게 사실입니다.

지금 우리는 지방의 인구감소 문제를 주목하고

있습니다.

지방의 인구감소는 경제와 산업 침체,

일자리와 소득 감소,

세수 감소와 재정 악화, 다시 인구 유출로 이어지는

인구감소 사이클을 형성해

지방의 발전을 어렵게 하고 있습니다.

지방의 인구감소 문제의 해법을 모색하는 것은

이 시점에서 지방과 국가 발전을 위한 가장 중요한

과업 중 하나입니다.

정부는 지방의 인구감소 위기에 대응하기 위한

법적 지원 근거를 마련하기 위해

관계부처, 국회 등과 공동 노력을 통해

지난해 11월 국가균형발전 특별법을 개정하였고

이에 따라 오늘 인구감소지역 지정 결과를 발표하게 되었습니다.

초안에서는 지역 간 불균형 심화로 인해 나타나는 문제들을 설명하는 데 적지 않은 분량을 할애하고 있습니다. 수정안에는 브리핑하는 내용은 무엇인지, 어떤 과정과 절차를 거쳤는지에 관한 내용만 간결하게 반영되었습니다.

【사례: 인구감소지역 지정 및 지원방향(수정안)】

○○○부 장관 △△△입니다.

관계부처 간 협의와 국가균형발전위원회 심의를 거쳐 확정된 「인구감소지역 지정 및 지원방향」에 대해 말씀드리겠습니다.

다 알고 있거나 공감하고 있는 문제의 현황 등을 장황하게 설명하기보다, 필요한 말만 짧게 하고 본론으로 들어가는 것이 본론에 대한 집중도를 높일 수 있습니다. **브리핑에서는 간결함이 특별한 미덕입니다.**

2) 본문

브리핑의 핵심 내용이 되는 정책방안 또는 시행계획 등을 명확하고 간결하게 작성합니다. 브리핑 주제가 잘 알려진 것이 아닌 경우에는 구체적 대책 또는 방안을 설명하기에 앞서 그 개념과 추진 배경을 반영하여 연결성을 높일 수 있습니다.

'초광역협력 지원전략'에 대한 브리핑문의 일부인 다음 사례에서는 본문의 도입부에서 일반 국민들에게 생소한 '초광역협력'의 개념이 무엇이고 어떠한 배경에서 나온 것인지를 먼저 소개하고 있습니다. 이어서 지원전략의 3가지 방향성을 언급하고 있습니다.

【사례: 초광역협력 지원전략 ①】

수도권 집중 현상이 심화되고 있는 상황에서

경쟁력 있는 광역 생활·경제권의 형성을 통한

혁신성장의 중요성이 커지고 있습니다.

시도를 비롯한 단일 행정구역 범위를 넘어서는

초광역협력은 다양한 정책·행정수요에

지역 간 상호 협력을 통해 대응하는

새로운 국가균형발전 전략에 해당합니다.

이에 정부는 초광역협력이

지역주도의 혁신성장 촉진을 통해

국가균형발전을 견인할 수 있도록,

다음의 3가지 방향에 따라

신속하고 강력한 지원을 시행해 나가겠습니다.

　본문 중심부에서는 정책 방향과 계획 등을 간결하면서도 이해하기 쉽게 설명합니다. 이해하기 쉽다는 것은 글의 표현 자체가 쉽다는 것은 물론 내용 자체도 의문이 들지 않고 논리성을 가져야 함을 의미합니다. 정책의 방향이 되는 주장과 그 주장을 뒷받침하는 문장들이 짜임새 있게 서로 잘 어우러져야 합니다.

【사례: 초광역협력 지원전략 ②】

먼저, 초광역협력 지원기반 구축입니다.

정부는 시·도 간 경계를 넘어서는 초광역협력의

안정적 지원을 위해 그 법적 근거를 마련하겠습니다.

「국가균형발전특별법」과 「국토기본법」에

초광역권의 정의와 초광역권 발전계획 수립,
협력사업 추진 근거 등을 마련하고,

권역별 초광역권 발전계획을
국가균형발전 5개년 계획에 반영하여
상호 연계되도록 하겠습니다.

예산 전 주기에 걸친 재정지원 체계를 마련하여
초광역협력사업의 안정성도 확보하겠습니다.

우선, SOC 사업의 예비타당성 조사 대상 기준을
총사업비 기준 500억에서 1,000억으로 상향 조정하고,
500억 미만의 초광역협력사업의 경우
지방재정투자심사를 면제하거나 간소화하겠습니다.

또한, 예산편성 시에는 균특회계 지역 지원계정 내에
'초광역협력 사업군'을 별도로 선정·관리하고,
국고 보조율을 50%에서 60%로 높이겠습니다.

첫 번째 지원방향은 '초광역협력 지원기반 구축'입니다. 지원기반
의 구체적 내용으로 '법적 근거 마련', '재정지원 체계 마련' 등을 제시
하고 있고 각각의 기반별로 구체적인 내용이 이어집니다. 기반 구축

방안의 하나인 '법적 근거 마련' 측면에서는 '국가균형발전특별법'과 '국토기본법'에 어떠한 내용을 반영할 것인지 설명하고 있습니다.

기반 구축의 두 번째 방안인 '재정지원 체계 마련' 측면에서는 SOC 사업 예비타당성 조사 대상 기준 조정, '재정투자심사 절차 간소화', '균특회계 지역 지원계정 관리'에 관한 사항을 구체적으로 제시함으로써 설득력을 높이고 있습니다. 특히, 내용과 목표에 구체적인 수치를 함께 제시함으로써 신뢰감을 높이고 꽉 찬 느낌의 알찬 글이 되고 있습니다.

3) 마무리

해야 할 말은 본문에서 다 한 상태이므로, 새로운 내용을 담지 않고 브리핑에서 제시한 방안들이 잘 추진될 수 있도록 노력해 나가겠다는 원론적 내용 정도로 마무리 지으면 무난합니다.

【사례: 초광역협력 지원전략】

끝으로 정부는,

이상의 「초광역협력 지원전략」을 바탕으로

지역과의 적극적 소통과 협력을 통해

국가균형발전의 새로운 길을 열어 나가겠습니다.

감사합니다.

인구감소지역 지정 및 지원방향 언론브리핑

○○○부 장관 △△△입니다.

관계부처 간 협의와
국가균형발전위원회 심의를 거쳐 확정된
「인구감소지역 지정 및 지원방향」에 대해
말씀드리겠습니다.

지역 인구감소로 인한 우려가 커지고 있는 상황에서
정부는 지난해 말 '국가균형발전특별법' 개정을 통해
시급한 지원이 필요한 인구감소지역을 지정하고
지원하기 위한 제도적 근거를 마련한 바 있습니다.

그간 정부는 전문적 연구와
부처 및 자치단체와의 충분한 논의과정을 거쳐
인구감소지역 지정 및 지원에 활용될 '인구감소지수'를
개발하였습니다.

'인구감소지수'는 각 자치단체별로
복합적인 인구감소 원인과 수준을 종합적으로
설명할 수 있도록 설계되었으며,
본 지수를 활용하여
총 89개 자치단체를 '인구감소지역'으로 지정하게
되었습니다.

'인구감소지역'은 최초 지정 시점을 기준으로
매 5년마다 지정되는 것을 원칙으로 하되,
전국적 인구감소 상황의 변동성을 고려하여
지정 시점으로부터 2년 후 지수를 재산정하여
추가지정 여부를 검토할 계획입니다.

정부는 '인구감소지역'이
지속 가능한 성장 여건을 마련할 수 있도록
다음의 3가지 방향에 따라 과감한 지원을
시행해 나가겠습니다.

첫째, 인구감소 관련 지원체계를 지역중심으로
개편하겠습니다.
지역 여건과 상황을 가장 잘 알고 있는 자치단체가

각 지역의 인구감소 원인을 직접 진단·분석하여
인구활성화를 위한 전략에 해당하는 '인구활력계획'을
직접 수립하고 정부는 맞춤형으로 지원하는 시스템으로
전환하겠습니다.

자치단체가 '인구활력계획'을 수립하면
정부는 재원과 특례, 컨설팅 등 종합적 지원을 통해
지역별 정책 시행을 뒷받침하겠습니다.

둘째, 재원규모의 확대는 물론,
재원 간 연계성도 크게 높이겠습니다.
내년부터 신설되는 1조 원 규모의 지방소멸대응기금과
52개, 2조 5,600억 원 규모의 국고보조사업을 활용하여
지역주도의 인구활력 증진사업을 뒷받침하되,
각 재원을 패키지 형태로 지역에 투입함으로써
각 자치단체가 장기적인 관점에서 연계성 있게
맞춤형 사업을 추진토록 지원하겠습니다.

셋째, (가칭)'인구감소지역지원특별법' 제정을 통해
지원에 필요한 제도적 기반을 보다 강화하겠습니다.
교육 및 정주여건 개선, 일자리 창출 등

자치단체의 수요를 고려한 종합적 특례를 반영하고,
생활인구 등 새로운 인구 개념도
관계부처 및 국회 등과 긴밀히 협력하여
제도화하겠습니다.

마지막으로, 자치단체 간 연계협력을 지원하겠습니다.
'인구감소지역'과 인근 도시지역이
산업·일자리, 관광 등에서 공동사업을 추진할 수 있도록
지방소멸대응기금 등을 활용하여 지원하고,
새롭게 도입된 '특별지방자치단체' 제도 등을 활용하여
자치단체가 연계사업과 서비스를 시행할 수 있도록
뒷받침하겠습니다.

'인구감소지역' 지정은 국가균형발전과 밀접하게 관련된
지역 인구감소 문제 해결을 위한 출발점에 해당한다고
볼 수 있습니다.
정부는 '인구감소지역' 지정과 지원이
지역이 활력을 되찾는 전환점이 될 수 있도록
최선을 다하겠습니다.

감사합니다.

초광역협력 지원전략 언론브리핑

○○○부 장관 △△△입니다.
오늘 대통령님 주재로 진행된
시도지사 연석회의에서 확정된
「초광역협력 지원전략」에 관하여 국민 여러분께
설명드리겠습니다.

수도권 집중 현상이 심화되고 있는 상황에서
경쟁력 있는 광역 생활·경제권의 형성을 통한
혁신성장의 중요성이 커지고 있습니다.

시도를 비롯한 단일 행정구역 범위를 넘어서는
초광역협력은 다양한 정책·행정수요에
지역 간 상호 협력을 통해 대응하는
새로운 국가균형발전 전략에 해당합니다.

이에 정부는 초광역협력이

지역주도의 혁신성장 촉진을 통해 국가균형발전을
견인할 수 있도록, 다음의 3가지 방향에 따라
신속하고 강력한 지원을 시행해 나가겠습니다.

먼저, 초광역협력 지원기반 구축입니다.
정부는 시·도 간 경계를 넘어서는 초광역협력의
안정적 지원을 위해 그 법적 근거를 마련하겠습니다.

「국가균형발전특별법」과 「국토기본법」에
초광역권의 정의와 초광역권 발전계획 수립,
협력사업 추진 근거 등을 마련하고,
권역별 초광역권 발전계획을 국가균형발전
5개년 계획에 반영하여 상호 연계되도록 하겠습니다.

예산 전 주기에 걸친 재정지원 체계를 마련하여
초광역협력사업의 안정성도 확보하겠습니다.

우선, SOC 사업의 예비타당성 조사
대상 기준을 총사업비 기준 500억에서
1,000억으로 상향 조정하고,
500억 미만의 초광역협력사업의 경우

지방재정투자심사를 면제하거나 간소화하겠습니다.

또한, 예산편성 시에는 균특회계 지역지원계정 내에
'초광역협력 사업군'을 별도로 선정·관리하고,
국고 보조율을 50%에서 60%로 높이겠습니다.

이 밖에도, 기존 '메가시티 지원 범부처 TF'를
확대 개편하여 '범정부 초광역지원협의회'를 신설하고,
초광역협력 전담조직도 보강하겠습니다.

다음은 협력단계별 차등화된 지원입니다.
초광역 협력의 안정성과 지속성을 담보할 수 있는
추진체계인 특별지방자치단체를 설치하는 경우,
과감하고 차별화된 지원을 통해
성공사례를 만들고 확산시켜 나가겠습니다.

정부는, 특별지방자치단체가 활성화될 수 있도록
특별지방자치단체 설치에 필요한 소요 재원과
시범사업 비용 등을 특별교부세 형태로 지원하겠습니다.

또한, 특별지방자치단체의 효율적 운영을 위한

기구와 인력을 적극 보강하는 한편,
부처와 특별지방자치단체 간 분권협약을 통해
국가사무를 적극 위임하겠습니다.

기존에 시행 중인 지역발전투자협약보다 강화된
지원특례 등을 담은 '초광역 특별협약제도'도
도입하겠습니다.

공간, 산업, 인재양성 등 범부처 사업패키지를 구성하고,
재정·세제, 규제, 사업 등 전방위적인 특례를 설계하여
획기적인 인센티브를 제공하겠습니다.

마지막으로, 공간·산업·사람 등
분야별 초광역협력 촉진 방안의 시행입니다.
우선, 공간적 측면에서는
광역철도 활성화, 광역 BRT 및 환승센터 확대,
지방거점공항 중점 투자 등을 통해
교통망을 보다 촘촘히 구성하여,
동일한 경제·생활권 내에서
수도권에 버금가는 이동권을 확보하겠습니다.

또한, 광역교통 중심지에 도심융합특구와
캠퍼스 혁신파크를 조성하고
한 공간에 주거, 생활SOC, 일자리를 융합한
주거플랫폼을 확대함으로써 지역 거점을 육성하겠습니다.

산업 측면에서는
지역주도의 초광역 협력 전략산업을 선정하여
집중 육성하겠습니다.
전략산업으로 선정된 분야에 대해서는
범부처가 종합적인 지원을 시행하고,
제도 마련과 지역의 준비상황 등을 고려하여
선도사업을 우선 추진하겠습니다.

이와 더불어,
초광역 단위로 산업지원 인프라를 확충하고,
지역투자가 확대될 수 있는 환경도 조성하겠습니다.

이를 위해 초광역 단위의 산업 기반을 구축하는 한편
기술인력 양성체계를 도입하고,
기존의 산업거점, 혁신거점과의 연계도 강화하겠습니다.

또한, 지역 투자유치 활성화를 위한
새로운 인센티브제도를 도입하고
「지방투자촉진법」제정도 검토해 나가겠습니다.

인재 양성 측면에서는
초광역권 공유대학을 대학의 유형 중 하나로 제도화하고,
고등교육 규제특구를 최초로 도입하여
고등교육 혁신을 통한 초광역형 인재 양성체계를
마련하겠습니다.

현재 4개 권역에서 운영 중인 지역혁신플랫폼은
초광역형으로 단계적 전환을 추진하고,
사회관계 장관회의를 중심으로 범부처 초광역 인재양성
협업 거버넌스를 구축하여 지원해 나가겠습니다.

끝으로 정부는,
이상의 「초광역협력 지원전략」을 바탕으로
지역과의 적극적 소통과 협력을 통해
국가균형발전의 새로운 길을 열어 나가겠습니다.

감사합니다.

2.4. 담화문

담화문과 브리핑문

담화문은 국가적, 지역적으로 중요성과 파급력이 큰 현안에 대해 주무부처의 장관, 자치단체장 등 권위와 책임을 가진 사람이 공식적인 입장이나 의견을 제시하고 당부하기 위한 목적의 글이라고 할 수 있습니다.

앞서 살펴본 브리핑과는 목적과 내용 면에서 차이가 있습니다. 브리핑은 주로 부처나 기관의 특정업무를 내용으로 '~을 하겠다.'라는 정책 방향에 관해 설명하고 알리는 것을 목적으로 합니다. 담화는 정책 방향에 대한 홍보보다는 국민생활에 광범위한 영향을 미치는 현안사항과 관련하여 상황을 설명하고, 국민적 이해와 협조를 구하기 위한 목적이 큽니다. 따라서 현안에 대해 정부가 가진 입장과 처리 방향 등을 설명하고 '국민 여러분께서는 ~해 주십시오. 부탁합니다.'라는 취지의 내용이 많습니다.

2022년 3월, 경북과 강원지역에서 대규모 산불이 발생했을 당시 산불예방 대국민 담화가 있었습니다. 재보궐 선거를 앞둔 2021년 3월과 대통령 선거를 두 달여 앞둔 2022년 3월에는 공명선거 대국민 담화가 있었습니다. 2023년 3월에는 산불방지 대국민 담화와 양곡법 개정 관련 대국민 담화가 있었습니다. 담화문 발표가 중앙정부 차원에서만 이루어지는 것은 아닙니다. 코로나19가 심각한 상황에서 지방자치단체에서도 주민들의 백신접종 참여와 방역협조를 당부하는 담화문 발표가 많았습니다.

대국민 담화 역시 언론브리핑과 마찬가지로 그 내용이 국민들에게 공개된다는 측면에서 간결하게 내용을 구성하고 정제된 표현을 사용해야 합니다. 브리핑문과 담화문은 보도자료처럼 엠바고를 전제로 사전에 언론에 배포됩니다.

브리핑이나 담화문 발표는 특정 부처나 기관이 단독으로 진행하는 경우도 있지만, 내용이 여러 부처나 기관에 관련된 사안일 경우 관계부처·기관 합동으로 진행하는 경우도 많습니다. 이런 경우에는 현안사항에 대한 부처 및 기관 간 역할을 사전에 정리하게 됩니다. 이후 기준에 따라 담화문을 기관별로 작성하고 주무부처에서 취합 정리하여 완성본을 만드는 것이 일반적입니다. 여러 기관이 함께 브리핑이나 담화문을 발표하는 경우에는 기관별 발표 내용의 중복이 없도록 사전에 충분한 논의를 통해 역할을 명확하게 구분해야 합니다.

이 사안에 대해 말씀드리려고 합니다.

지금 이 사안의 중요성과 심각성이 큽니다.
이 사안과 관련하여
정부는 이렇게 대응하고 있고
이러한 조치를 할 방침입니다.

국민들의 이해와 협조를 부탁드립니다.

글의 구조는 언론브리핑과 유사합니다. 서두에서 무엇에 관한 담화인지를 설명하고, 이어지는 본문에서는 국민들에게 요청하거나 협조를 구하는 사항을 중심으로 구성합니다.

---

1. 서두
   - 담화의 주제 소개

2. 본문
   - 주제 관련 상황 설명 또는 주요 경과 소개
   - 주제 관련 해당 기관의 입장 및 조치계획
   - 국민에게 이해와 협조를 구하는 사항

3. 마무리

---

1) 서두

담화의 주제를 길게 설명하기보다 담화의 제목을 소개하는 수준으로 짧고 담백하게 시작합니다. 다음 사례는 2022년 3월 코로나 상황 속에서 치러진 제20대 대통령 선거를 앞두고 법무부, 행정안전부, 보건복지부가 함께 진행한 대국민 담화문 중 일부입니다. 공명선거를 위한 관계부처의 계획과, 코로나 상황에서 안전한 투표 진행을 위한 지원내용을 담고 있습니다. "공명선거 지원과 안전한 투표환경 조성을 위한 정부 대책"이라는 말로 담화문 내용을 압축하여 시작하고 있습니다.

【사례: 대통령 선거 관련 대국민 담화문】
○○○부 장관입니다.
공명선거 지원과 안전한 투표환경 조성을 위한
정부대책에 관하여 말씀드리겠습니다.

경우에 따라서는, 정부의 입장을 강조하기 위해 감정적 수식어를 사용하는 경우도 있습니다. 다음 사례는 국회 의결을 거쳐 정부에 제출된 양곡관리법 개정안과 관련하여 2023년 3월에 국무총리가 발표한 대국민 담화문의 서두 부분입니다. 담화문에서는 "저는 오늘 참으로 안타까운 심정으로"라는 표현을 사용하여 개정안에 대한 정부의 반대 입장을 내비치고 있습니다.

【사례: 양곡관리법 관련 대국민 담화문】

존경하는 국민 여러분,

저는 오늘 참으로 안타까운 심정으로

지난 3월 23일 국회에서 처리한 양곡관리법 일부 개정법률안에

대한 정부의 입장을 말씀드리고자 합니다.

많은 담화문에서는 앞의 사례들처럼 담화의 주제를 언급하고 시작하지만 담화의 주제가 되는 내용이 무엇인지에 따라서 서두 글의 전개 방식은 달라질 수 있습니다. 특히, 담화를 하는 배경이 명확하고 널리 알려진 경우에는 주제를 직접적으로 언급하지 않고 시작할 수도 있습니다.

이어지는 사례는 핼러윈 데이를 앞두고 150명 이상의 사망자가 발생했던 이태원 사고 이튿날 있었던 대통령 대국민 담화문의 서두 부분입니다. 사고 수습계획과 재발 방지 방향을 밝히는 내용입니다. 비극적인 상황에 대해 전 국민적 공감대가 형성되어 있던 상황인 만큼 담화문에서는 굳이 "~에 대해 말씀드리겠습니다."라는 형태로 시작하지 않았습니다. 대신 사고에 대한 입장을 밝히며 시작하고 있습니다.

【사례: 이태원 사고 관련 대국민 담화문】

정말 참담합니다.

어젯밤 핼러윈을 맞은 서울 한복판에서는

일어나서는 안 될 비극과 참사가 발생했습니다.

불의의 사고로 돌아가신 분들의 명복을 빌고,

부상 입은 분들이 빨리 회복되기를 기원합니다.

아울러 소중한 생명을 잃고 비통해할 유가족에게도

깊은 위로를 드립니다.

2) 본문

서두에서 담화의 주제가 무엇인지 언급한 데 이어, 본문에서는 주제와 관련하여 정부가 가진 입장과 대책 등을 설명하게 됩니다. 본문에서 구체적 방안들을 설명하기에 앞서 서론과 본문의 자연스러운 연결을 위해 간단한 현황과 배경 등을 기술하는 것도 가능합니다.

예로 든 제20대 대통령 선거 관련 대국민 담화문에서는 "오는 제20대 대통령 선거에서도 국민 여러분이 소중한 선거권을 행사하실 수 있도록 정부는 다음과 같이 총력을 다해 지원하겠습니다."라는 말이 핵심입니다. 코로나 상황이지만 국민들의 선거참여에 문제가 발생하지 않도록 하기 위한 정부의 구체적 대책이 이어질 것임을 알 수 있습니다. 선거관리 주무기관은 헌법상 독립기관인 중앙선거

관리위원회이지만 정부 측에서도 선거인 명부 작성 등 선거사무를 지원하는 역할을 합니다. 공정하고 안전한 선거를 위해 어떤 지원을 할지 그 계획을 밝히는 내용입니다.

【사례: 대통령 선거 관련 대국민 담화문 ①】

• 본문 : 도입부

대한민국은 코로나19 상황 속에서 진행된

지난 21대 국회의원선거와 4.7 재보궐 선거에서

국민 여러분의 적극적인 참여와 협조로

공정하고 안전한 선거를 치른 바 있습니다.

오는 제20대 대통령 선거에서도

국민 여러분이 소중한 선거권을 행사하실 수 있도록

정부는 다음과 같이 총력을 다해 지원하겠습니다.

• 본문 : 구체적 방안과 계획

우선, 각종 탈법·불법 선거운동에 대해서는

검찰과 경찰 등 범정부적 역량을 총동원하여

철저히 단속하고 처벌하겠습니다.

(이하 생략)

담화문의 핵심을 언급하기 전에 과거 코로나 상황에서 치러졌던 선거도 공정하고 안전하게 마무리되었다는 말을 통해 다가올 선거에 대한 긍정적 기대를 하게 합니다. 이어지는 본문에서는 선거 지원을 위한 구체적 방안들이 제시되고 있습니다. 통상의 말씀자료나 브리핑문의 경우에는 주장에 대한 이유나 근거가 뒷받침되는 것이 당연합니다.

하지만 담화문에서는 '왜'보다는 '이렇게 하겠다'라는 방향성이 보다 강조됩니다. 치밀한 논리성이 다소 약하게 반영될 수 있습니다. 많은 경우 서두 또는 본문의 도입부에서 정부가 왜 이러한 대책을 시행하려는지 일반적 이유가 이미 제시되는 경우가 많습니다. 본문 도입부에서 "오는 제20대 대통령 선거에서도 국민 여러분이 소중한 선거권을 행사하실 수 있도록"이라는 말이 언급되고 있습니다. 본문에서 제시되는 각각의 정부 대책 필요성을 종합적으로 설명하는 대목이 있으므로 개별 방안들에 대해 세세하게 그 필요성을 설명할 필요는 없습니다.

사례에서도 불법 선거운동에 대해서는 철저히 단속하고 처벌하겠다고 밝히고 있지만, 왜 그래야 하는지는 자세하게 설명하고 있지 않습니다. '소중한 선거권을 지키기 위해' 불법에 대해서는 엄정하게 대응해야 하는 것은 당연한 만큼 그 이유는 세세하게 설명하지 않아도 됩니다.

이어지는 산불예방 대국민 담화문에서도 고의 과실로 인한 산불 발생에 대해 법에 따라 엄정 조치하겠다는 처리의 방향성만 강조되고 있습니다. 앞부분에서 이미 '산불예방을 소홀히 할 경우 그 여파가 국가적 재난으로 확대될 수 있다.'고 언급하였습니다. 산불예방이 중요하고 그러한 측면에서 강력한 처벌도 필요하다는 것이 자연스럽게 연결됩니다.

【사례: 산불예방 대국민 담화문】

국민 여러분,

우리는 이번에 발생한 대형 산불을 통해

산불예방 활동을 소홀히 할 경우 그 여파가

국가적 재난 수준까지 확대될 수 있다는 점을

분명하게 확인하고 있습니다.

(중략)

정부는 고의나 과실로 인해 산불 피해가 발생한 경우

관계 법령에 따라 강력하게 처벌할 방침으로,

최근 발생한 산불들도 발화 원인을 정확하게 파악하여

고의나 과실 여부가 확인되는 경우 법에 따라

엄정 조치하겠습니다.

담화문의 본문에서는 대응방안 등이 병렬적으로 나열될 수밖에 없습니다. 제시하는 방안들의 내용을 '첫째', '둘째', '셋째' 식으로 표현하는 말씀자료 글들이 많습니다. 일목요연하게 설명할 수 있고,

관심과 협조가 필요한 중요 사항을 강조함으로써 주목도를 높이는 효과도 있습니다. 하지만 대책이 길지 않은 담화문에서는 듣기에 따라 나열식이라는 느낌을 줄 수도 있습니다. 이때는 '첫째', '둘째', '셋째' 대신 '우선', '먼저', '끝으로' 등의 표현을 사용해 볼 수 있습니다. 글의 내용과 톤을 파악하고 그에 맞추어 적절한 선택을 하면 됩니다.

【사례: 대통령 선거 관련 대국민 담화문 ②】

• 1안
첫째, 각종 탈법·불법 선거운동에 대해서는
검찰과 경찰 등 범정부 차원의 모든 역량을
총동원하여 철저히 단속하고 처벌하겠습니다.
(중략)
둘째, 공무원의 선거 중립 실천과
공직기강 확립에 최선을 다하겠습니다.

• 2안
우선, 각종 탈법·불법 선거운동에 대해서는
검찰과 경찰 등 범정부적 차원의 모든 역량을
총동원하여 철저히 단속하고 처벌하겠습니다.
(중략)

두 번째로, 공무원의 선거 중립 실천과

공직기강 확립에도 최선을 다하겠습니다.

3) 마무리

본문에서 정부가 추진하려는 정책의 내용과 문제에 대한 대응방안이 제시됩니다. 문제 상황과 관련하여 국민들 또는 시민들이 협조해 주기를 바라는 내용도 담겨 있습니다. 마무리 부분에서는 본문에서 제시된 내용과 관련하여 국민들에게 협조를 요청하는 수준에서 마무리하는 것이 깔끔합니다. 다음 선거 관련 대국민 담화문에서는 투표권 행사 및 사전투표 참여를 국민께 당부하면서 마무리하고 있습니다.

【사례: 대통령 선거 관련 대국민 담화문】

다가오는 선거에서 국민 여러분의 소중한 한 표를

꼭 행사해 주실 것을 당부드리고,

선거 당일 투표가 어려운 유권자께서는

3월 4일과 5일, 양일간 실시되는 사전투표를

충분히 활용해 주실 것을 부탁드립니다.

감사합니다.

대통령 선거 관련 대국민 담화문

○○○부 장관입니다.
공명선거 지원과 안전한 투표환경 조성을 위한
정부대책에 관하여 말씀드리겠습니다.

대한민국은 코로나19 상황 속에서 진행된
지난 21대 국회의원선거와 4.7 재보궐 선거에서
국민 여러분의 적극적인 참여와 협조로
공정하고 안전한 선거를 치른 바 있습니다.

오는 제20대 대통령 선거에서도
국민 여러분이 소중한 선거권을 행사하실 수 있도록
정부는 다음과 같이 총력을 다해 지원하겠습니다.

우선, 각종 탈법·불법 선거운동에 대해서는
검찰과 경찰 등 범정부적 역량을 총동원하여
철저히 단속하고 처벌하겠습니다.

특히, 금품수수와 허위사실 유포 등
5대 선거범죄에 대해 중점 단속하겠습니다.

두 번째로, 공무원의 선거 중립 실천과
공직기강 확립에도 최선을 다하겠습니다.

공무원이 선거에 관여하는 일이 없도록
감찰 활동을 강화하고,
위법사항에 대해서는 엄중히 조치하겠습니다.

다음으로, 코로나19 상황이 계속되고 있지만
국민 여러분께서 안심하고 투표에 참여하실 수 있도록
관리에 만전을 기하겠습니다.

선거가 진행되는 투·개표소에 대해
빈틈없는 방역과 소독을 실시하고,
선거 당일 이상 증상이 있는 유권자는
별도로 마련된 임시 기표소에서
투표에 참여할 수 있도록 하겠습니다.

아울러 선거 당일,

코로나 19 확진자와 자가격리자를 대상으로
18시부터 19시 30분까지 투표소를 별도 운영하여,
안전이 확보된 가운데 국민 여러분의 소중한 권리를
최대한 보장하겠습니다.

다가오는 선거에서 국민 여러분의 소중한 한 표를
꼭 행사해 주실 것을 당부드리고,
선거 당일 투표가 어려운 유권자께서는
3월 4일과 5일, 양일간 실시되는 사전투표를
충분히 활용해 주실 것을 부탁드립니다.

감사합니다.

산불예방 대국민 담화문

존경하는 국민 여러분!
중앙재난안전 대책본부장 ○○○입니다.
50년 만에 찾아온 최악의 겨울 가뭄과 강풍으로
올해는 예년에 비해 많은 산불이 발생하고 있습니다.

올 들어 어제까지 발생한 산불은 261건으로
지난해 같은 기간 대비 이미 두 배 이상 많은 발생 건수를
보이고 있습니다.

특별히, 지난 4일 경북 울진에서 발생하여
강원도 삼척으로 확산한 대형 산불로 인해
산림청 추산 15,000헥타르 이상의 산림이
크게 훼손되었고
많은 주민들이 삶의 터전을 잃는 안타까운 상황이
발생했습니다.

○○○ 대통령께서는
어제 경북 울진·강원 삼척 산불 피해 수습을 위한
특별재난지역 선포를 재가하셨습니다.
이에 따라 정부는 앞으로 행·재정적 지원 등을 포함하여
신속한 복구와 피해 지원을 위해 최선을 다하는 한편,
다른 산불 피해 발생지역에 대해서는
산불 진화 후 피해 상황 등을 종합적으로 고려하여
추가 선포를 검토하겠습니다.

국민 여러분,
우리는 이번에 발생한 대형 산불을 통해
산불예방 활동을 소홀히 할 경우
그 여파가 국가적 재난 수준까지 확대될 수 있다는 점을
분명하게 확인하고 있습니다.

산불로 인한 피해를 최소화하기 위해서는
무엇보다 사전 예방활동을 철저하게 하는 것이
중요합니다.

정부는 이달 5일부터 4월 17일까지를
「대형 산불 특별대책기간」으로 정하고

24시간 산불방지대책본부 운영,
산불 진화헬기 전진 배치와 순찰 강화 등
산불로부터 국민의 생명과 재산을 지키기 위해
최선의 노력을 다하고 있습니다.

최근 10년 간 발생한 산불은
76%가 실화, 소각 등 사소한 부주의로 인해 발생하였고,
특히, 지난 5일 새벽,
강원도 강릉 옥계에서 발생한 산불은
개인의 방화에서 시작된 작은 불씨가 강풍을 타고
대형 산불로 확대된 것으로 조사되었습니다.

정부는 고의나 과실로 인해 산불 피해가 발생한 경우
관계 법령에 따라 강력하게 처벌할 방침으로,
최근 발생한 산불들도 발화 원인을 정확하게 파악하여
고의나 과실 여부가 확인되는 경우 법에 따라
엄정 조치하겠습니다.

존경하는 국민 여러분!
잠깐의 방심과 부주의로 발생한 산불로
큰 피해를 입은 산림을 원래의 상태로 복구하는 데에는

100년 이상의 긴 시간이 소요됩니다.

많은 경우, 주민들이 삶의 터전을 잃게 되는 것은 물론
생명도 위협받게 되는 만큼
국민 여러분의 관심과 주의가 절실합니다.

올봄과 같이 불리한 기상 여건하에서는
앞으로도 대형 산불 발생 가능성이 매우 높은 만큼
앞으로 2개월여간은 대형 산불 예방을 위해
정부와 국민 여러분의 힘을 한데 모으는 것이 중요합니다.
이에 국민 여러분께 다음 사항들을 요청 드리고자 합니다.

첫째, 산림과 가까운 곳에서는
허가 없이 논, 밭두렁을 태우거나 각종 쓰레기를
소각하지 말아 주십시오.

둘째, 입산통제구역이나 폐쇄된 등산로에는
출입하지 말아 주십시오.

셋째, 입산이 가능한 구역이라도
라이터, 버너 등 인화물질을 소지하지 말아 주십시오.

넷째, 산림 또는 인접지에서는
담배를 피우거나 담배꽁초를 버리지 말아 주십시오.

끝으로, 산불을 발견했을 때에는 즉시
지자체를 비롯한 가까운 산림당국에 신고해 주시기
바랍니다.

우리의 소중한 자산인 산림을 지키기 위한 노력에
국민 여러분의 관심과 협조를 다시 한번
간곡히 부탁드립니다.
감사합니다.

2.5. 서면축사

중요성에 공감합니다

글로 대신하는 축사입니다. 현장축사 또는 영상을 통해 축사를 하는 경우만큼이나 현업에서 많이 사용됩니다. 기관을 대표하는 사람을 현장에 직접 초청하는 것이 쉽지 않다는 점을 잘 알고 있는 외부기관에서 서면축사를 요청하는 경우가 많습니다.

관계부처, 국회, 학회 등이 주최하는 정책토론회나 세미나, 민간단체에서 주최하는 행사 등에 주로 사용됩니다. 토론회나 세미나가 개최되는 경우 대개는 발표자료를 엮어서 책자 형태로 미리 발간합니다. 축사는 자료집의 가장 앞부분에 주최기관장의 서면 인사에 이어 들어갑니다. 자료집과 함께 행사 주관사의 홈페이지에 실리는 경우도 있습니다.

서면축사는 현장 축사를 하기 어려운 상황에서 많이 사용되지만, 행사에 직접 참석해서 축사할 때도 주최 측이 자료집에 실을 서면축사를 함께 요청하기도 합니다.

서면축사 분량은 A4 사이즈 기준 1장(글씨 크기 13포인트) 정도 분량이면 무난합니다. 덕분에 현장 축사, 영상축사에 비해 작성 부담은 적은 편입니다. 분량이나 형식의 차이로 상세 내용이 다를 수 있지만, 두 가지 말씀자료의 방향성은 다르지 않도록 작성해야 합니다.

서면축사는 앞서 살펴본 다른 형태의 말씀자료 글들과 몇 가지 구별되는 점이 있습니다. 현장 말씀이나 영상 메시지에서는 행사의 주제가 되는 정책을 중심으로 추진 경과와 향후 계획을 본문에 담게 됩니다. **서면축사의 경우에는 행사 내용과 관련한 배경 및 상황에 대한 분석이 좀 더 비중 있게 들어갑니다.** A4용지 한 장이라는 전체 분량을 놓고 보았을 때 상대적인 비중이 크다는 의미입니다. 이는 요청받은 서면축사의 대상이 되는 상대방의 행사가 시의적절하고 꼭 필요하다는 점을 강조하는 효과가 있습니다. 초청받은 입장으로서 행사의 의미에 깊이 공감하고 있다는 것을 알 수 있게 합니다.

**이러이러한 문제가 있는 상황인데,
그 문제에 대한 해법을 찾기 위한 뜻깊은 행사 개최를
축하합니다.**

우리 기관도 그 주제와 관련하여 이러이러한 일을
하고 있는데, 더 노력하고 함께 협력해 나가겠습니다.
뜻깊은 행사를 통해 의미 있는 논의가 이루어지기를
기대합니다.

---

1. 서두
  - 행사 개최 축하 및 주최자(관계자)에 대한 감사 표명

2. 본문
  - 주제 관련 상황 및 주요 정책 추진 동향 소개
  - 주제 관련 정책 추진 경과와 그간의 노력 소개
  - 정부 및 해당 기관의 향후 정책 추진 방향

3. 마무리
  - 행사(토론) 개최 재축하 및 긍정적 결과 기대

---

1) 서두

행사 축하 메시지를 간단하게 전달하는 것으로 시작합니다. 공개된 토론회 축사인 경우 그 주제가 시의성 있다는 점을 강조하고, 주최자 및 주관기관에 '의미 있는 행사를 개최해 준 데 대한' 감사를 표합니다. 만약 기관이나 단체가 여는 정기회의 등 자체 행사에 사용

될 서면축사라면 주제에 의미를 부여한다는 것이 어려운 일입니다. 이때는 해당 기관의 성격을 분석하여 그 기관과 관련된 최근의 이슈나 상황을 연결 지어 설명합니다.

첫 번째 사례에서는 심각한 인구감소 문제의 해법을 찾기 위해 마련된 토론회의 의미를 강조하고 주최 측 등에 감사를 표하고 있습니다. 중요성이 큰 의제를 내용으로 행사 또는 토론회를 열어 준 것이므로 이 경우에는 감사하다는 언급을 해도 부자연스럽지 않습니다. 만약 이러한 여건이나 상황에 대한 소개 없이 그저 토론회를 열었다는 그 자체만으로 감사를 표하는 것은 적절하지 않습니다.

【사례: 인구감소, 30년 뒤 대한민국 모습 정책토론회】
심화되고 있는 지역 인구감소 문제에 대한 대책을 논의하는 뜻깊은 토론회를 주최해 주신 ○○○ 의원님과 ○○○ 의원님께 감사드립니다. 토론회 기획에 함께 참여해 주신 저출산고령사회위원회, 서울대 인구정책연구센터, 한국보건사회연구원 등 관계기관에도 감사의 말씀을 드립니다.

두 번째 사례는 토론회가 아닌 공적 성격을 가진 단체가 주최하는 행사에 쓰인 서면축사 중 일부입니다. 토론회였다면 토론회의 주제와 관련한 상황을 연결 지을 수 있지만 그렇지 않은 경우에는 조금 다르게 접근해야 합니다. 사례의 단체는 지방자치와 관련성이 큰 단체입니다. 주관하는 단체의 의미를 살려서 글의 흐름을 자연스럽게 만들어야 합니다.

【사례: 시군자치구의장협의회 정기총회】

2022년은 '자치분권 2.0' 시대가 본격화되는 해입니다. 32년 만에 전면 개정된 「지방자치법」을 비롯하여 「중앙지방협력회의법」, 「주민조례발안법」 등 자치분권 강화를 내용으로 하는 5개의 법률이 1월 13일부터 시행되었습니다. 그동안 자치분권 확대를 위해 함께 노력해 주신 시군자치구의장협의회 ○○○ 회장님을 비롯한 전국 시군구의회 의장 여러분께 감사드립니다.

자치분권 2.0으로 대변되는 최근 지방자치 분야의 변화 상황을 구체적인 사례들을 활용하여 언급하고 그 과정에서 협력을 해 준 것에 감사를 표하며 시작하고 있습니다. 어떠한 형태의 축사이든지 행사의 내용과 상황을 충분히 이해하고, 그에 맞게 적절한 서두를 작성하는 노력이 필요합니다.

2) 본문

서두에서 행사의 주제와 관련한 여건 및 상황을 가볍게 언급했다면 본문에서는 행사 또는 토론회의 주제가 갖는 의의와 문제상황을 보다 구체적으로 설명해 줍니다. 본문의 전반부에서 이렇게 언급해 주는 것은 본문의 후반부와의 연결성을 높이는 데 도움을 줍니다. 본문 후반부에서는 축사하는 기관을 비롯한 정부가 현재 대두되고 있는 문제를 중요하게 인식하고 여러 노력을 기울여 왔다는 내용이 이어집니다. 자연스럽게 전반부와 후반부가 논리적인 연결성을 갖게 됩니다.

다음 사례에서는 자치분권 2.0 시대에 지방의회와 관련된 제도와 정책의 변화 상황을 구체적으로 보여 주고 있습니다. 관련 단체가 지방의회 의장들로 구성된 만큼 지방의회 분야에 초점을 두고 변화의 모습을 언급하고 있습니다.

【사례: 시군자치구의장협의회 정기총회 ①】

새롭게 시행되는 법률과 함께 지방의회에도 큰 변화가 시작됩니다. 지방의회의 독립적 인사운영, 정책지원 전문인력, 그리고 지방의회 구성원에 대한 체계적 교육을 담당할 '지방의정연수센터'는 의회의 독립성과 전문성을 한층 높이게 될 것입니다.

지방의회의 권한 확대에 상응하여 투명성과 책임성은 더욱 강화됩니다. 의정활동의 내용과 성과가 주민들에게 더욱 구체적으로 공개되는 한편, 의회 내에 설치되는 윤리특별위원회, 윤리심사자문위원회를 통해 의회의 신뢰성은 더욱 높아지게 될 것입니다.

이어지는 본문의 후반부에서는 그동안 어떠한 노력과 성과가 있었는지를 구체적으로 설명하고 있습니다. 지방의회와 함께 노력해 왔다는 점을 강조하되, 그 구체적인 노력의 내용은 의회에 한정하지 않고 지방자체단체 전반으로 범위를 확대하였습니다. 의회에만 한정할 경우 쓸 말 역시 한정적일 수밖에 없다는 점을 고려한 것이기도 합니다. 말미에는 정부와 자치단체가 함께 이뤄 낸 성과라는 점을 강조하며 행사 주최 측을 추켜세우고 있습니다.

【사례: 시군자치구의장협의회 정기총회 ②】

정부는 그동안 지방의회를 포함하는 지방자치단체의 권한 확대를 위해 꾸준한 노력을 기울여 왔습니다. 「지방일괄이양법」 제정을 통해 400개의 국가 사무를 자치단체에 일괄이양하였고, 시군구 맞춤형 특례제도를 도입하여 기초자치단체에 필요한 권한도 부여하였습니다. 자치행정과 치안행정의 결합을 핵심으로 하는 자치경찰제 도입으로 지역 특성과 주민들의 높은 요구에 부합하는 현장 서비스를 펼칠 수 있게 되었습니다. 1·2차 재정분권을 통해 13.8조 원 이상의 지방재정을 확충할 수 있게 된 것도 큰 성과입니다. 모두 정부와 지방자치단체가 함께 노력하여 이뤄 낸 성과입니다.

이어지는 사례는 인구감소 정책토론회 서면축사의 본문 전반부입니다. 저출산 고령화가 심화되는 상황과 지방 소멸의 위기상황을 구체적인 수치를 통해 설명하고 있습니다. 문제의 심각성이 구체적으로 와닿고 글의 내용도 풍부해집니다.

【사례: 인구감소, 30년 뒤 대한민국 모습 정책토론회 ①】
우리나라는 저출산과 고령화가 빠르게 진행되어 지난해 출생아가 사망자보다 적은 인구 자연감소 상황에 접어들었습니다. 동시에 지역은 수도권으로의 지속적인 인구 유출로 인해 소위 '지방소멸'의 위협을 받고 있습니다. 지난 20년간 전국 시군구의 66%에 해당하는 151개 지역에서 인구가 감소하였고, 정점 대비 20% 이상 인구가 감소한 지역은 60개에 달할 정도입니다.
인구감소와 지방 소멸의 문제는 단순히 인구의 자연적 감소 문제로 접근해서는 해결할 수 없습니다. 인구의 사회적 이동으로 인한 유출, 수도권 집중 현상 등 관련 상황이 종합적으로 고려되어야 합니다. 일자리·교육·복지 등 사회제도 전반을 아우르는 정책과 제도의 변화도 필요합니다.

두 번째 문단에서는 문제의 심각성과 중요성이 큰 만큼 기존과 같은 접근법이 아니라 새롭고 종합적인 정책적 접근이 필요하다는 점을 강조하고 있습니다.
본문에서는 축사하는 부처가 새롭게 추진하는 관련 정책 사업 등을 소개하고 있습니다. 체계적 지원을 위해서는 법적 기반 마련이 필요한 만큼 특별법 통과를 위해 노력해 나가겠다는 방향성도 함께 제시하고 있습니다. **부처의 정책을 소개하는 것은 물론, '우리도 열심히 노력하고 있다.'는 점을 어필하는 것입니다.**

【사례: 인구감소, 30년 뒤 대한민국 모습 정책토론회 ②】

○○○부는 현 인구 감소 상황에 대한 진단을 토대로 시급한 인구감소 대책 시행이 필요한 89개 시군구를 '인구감소지역'으로 정한 바 있습니다. 앞으로 연 1조 원 규모의 지방소멸대응기금이 인구감소지역 등에 집중 투입되어 지역의 근본적 체질 변화를 앞당기게 됩니다.

2.5조 원 규모 52개 국고보조사업을 시행하는 과정에서도 인구감소지역을 우대하여 지원할 계획입니다. 관련 분야의 다양한 정책을 추진하기 위해서는 체계적인 법적 기반 마련이 요구됩니다. 12월 현재 인구감소지역 지원을 위해 발의된 특별법은 10건에 이릅니다. ○○○부는 관계부처와의 적극적인 협의를 통해 국회의 입법 논의 과정을 적극 지원해 나가겠습니다.

3) 마무리

단체가 주관하는 행사인 경우 **'앞으로 해당 단체와 적극 소통하고**

협력해 나가겠다.'는 정도의 내용으로 마무리합니다.

【사례: 시군자치구의장협의회 정기총회】

앞으로도 ○○○부는 '자치분권 2.0' 시대의 안착을 위해 시군자치구의회를 비롯한 지역 현장의 목소리에 더욱 귀 기울여 나가겠습니다. 다시 한번 정기총회 개최를 축하드리고, 총회에 참석하신 여러분 모두의 건강과 행복을 기원합니다.

감사합니다.

토론회와 세미나 성격의 행사인 경우는 '토론회에서 좋은 대안들이 활발히 논의되길 바란다.'는 수준의 내용으로 간단하고 자연스럽게 마무리합니다.

【사례: 인구감소, 30년 뒤 대한민국 모습 정책토론회】

다시 한번 토론회 개최를 축하드리고,

오늘 토론회를 통해 지역이 다시 활력을 되찾을 수 있는 창의적 대안들이 활발히 논의되기를 기대합니다.

참석하신 여러분 모두의 건강과 행복을 기원합니다.

감사합니다.

시군자치구의장협의회 정기총회 서면축사

안녕하십니까.

○○○부 장관 △△△입니다.

「2022년 대한민국 시군자치구의장협의회 정기총회」 개최를 축하
드립니다.

2022년은 '자치분권 2.0' 시대가 본격화되는 해입니다. 32년 만에
전면 개정된 「지방자치법」을 비롯하여 「중앙지방협력회의법」, 「주민
조례발안법」 등 자치분권 강화를 내용으로 하는 5개의 법률이 1월
13일부터 시행되었습니다. 그동안 자치분권 확대를 위해 함께 노력
해 주신 시군자치구의장협의회 ○○○ 회장님을 비롯한 전국 시군
구의회 의장 여러분께 감사드립니다.

새롭게 시행되는 법률과 함께 지방의회에도 큰 변화가 시작됩니
다. 지방의회의 독립적 인사운영, 정책지원 전문인력, 그리고 지방
의회 구성원에 대한 체계적 교육을 담당할 '지방의정연수센터'는 의
회의 독립성과 전문성을 한층 높이게 될 것입니다. 지방의회의 권
한 확대에 상응하여 투명성과 책임성은 더욱 강화됩니다. 의정활동

의 내용과 성과가 주민들에게 더욱 구체적으로 공개되는 한편, 의회 내에 설치되는 윤리특별위원회, 윤리심사자문위원회를 통해 의회의 신뢰성은 더욱 높아지게 될 것입니다.

정부는 그동안 지방의회를 포함하는 지방자치단체의 권한 확대를 위해 꾸준한 노력을 기울여 왔습니다. 「지방일괄이양법」 제정을 통해 400개의 국가 사무를 자치단체에 일괄이양 하였고, 시군구 맞춤형 특례제도를 도입하여 기초자치단체에 필요한 권한도 부여하였습니다. 자치행정과 치안행정의 결합을 핵심으로 하는 자치경찰제 도입으로 지역 특성과 주민들의 높은 요구에 부합하는 현장 서비스를 펼칠 수 있게 되었습니다. 1·2차 재정분권을 통해 13.8조 원 이상의 지방재정을 확충할 수 있게 된 것도 큰 성과입니다. 모두 정부와 지방자치단체가 함께 노력하여 이뤄 낸 성과입니다.

앞으로도 ○○○부는 '자치분권 2.0' 시대의 안착을 위해 시군자치구의회를 비롯한 지역 현장의 목소리에 더욱 귀 기울여 나가겠습니다. 다시 한번 정기총회 개최를 축하드리고, 총회에 참석하신 여러분 모두의 건강과 행복을 기원합니다.

감사합니다.

인구감소, 30년 뒤 대한민국 모습
정책토론회 서면축사

안녕하십니까.

○○○부 장관 △△△입니다.

「인구감소, 30년 뒤 대한민국 모습 정책토론회」 개최를 축하드립니다.

심화되고 있는 지역 인구감소 문제에 대한 대책을 논의하는 뜻깊은 토론회를 주최해 주신 ○○○ 의원님과 ○○○ 의원님께 감사드립니다. 토론회 기획에 함께 참여해 주신 저출산고령사회위원회, 서울대 인구정책연구센터, 한국보건사회연구원 등 관계기관에도 감사의 말씀을 드립니다.

우리나라는 저출산과 고령화가 빠르게 진행되어 지난해 출생아가 사망자보다 적은 인구 자연감소 상황에 접어들었습니다. 동시에 지역은 수도권으로의 지속적인 인구 유출로 인해 소위 '지방소멸'의 위협을 받고 있습니다. 지난 20년간 전국 시군구의 66%에 해당하는 151개 지역에서 인구가 감소하였고, 정점 대비 20% 이상 인구가 감소한 지역은 60개에 달할 정도입니다.

인구감소와 지방소멸의 문제는 단순히 인구의 자연적 감소 문제로 접근해서는 해결할 수 없습니다. 인구의 사회적 이동으로 인한 유출, 수도권 집중 현상 등 관련 상황이 종합적으로 고려되어야 합니다. 일자리·교육·복지 등 사회제도 전반을 아우르는 정책과 제도의 변화도 필요합니다.

○○○부는 현 인구 감소 상황에 대한 진단을 토대로 시급한 인구감소 대책 시행이 필요한 89개 시군구를 '인구감소지역'으로 정한 바 있습니다. 앞으로 연 1조 원 규모의 지방소멸대응기금이 인구감소지역 등에 집중 투입되어 지역의 근본적 체질 변화를 앞당기게 됩니다. 2.5조 원 규모 52개 국고보조사업을 시행하는 과정에서도 인구감소지역을 우대하여 지원할 계획입니다. 관련 분야의 다양한 정책을 추진하기 위해서는 체계적인 법적 기반 마련이 요구됩니다. 12월 현재 인구감소지역 지원을 위해 발의된 특별법은 10건에 이릅니다. ○○○부는 관계부처와의 적극적인 협의를 통해 국회의 입법 논의 과정을 적극 지원해 나가겠습니다.

다시 한번 토론회 개최를 축하드리고, 오늘 토론회를 통해 지역이 다시 활력을 되찾을 수 있는 창의적 대안들이 활발히 논의되기를 기대합니다.

참석하신 여러분 모두의 건강과 행복을 기원합니다.

감사합니다.

2.6. 발간사

수요자는 우리 안에

발간사는 소속된 기관 또는 단체에서 자체적으로 발간하는 백서, 편람, 사례집 등의 맨 앞부분에 수록되는 글입니다. 발간 취지, 개략적 수록 내용, 발간 소회, 활용에 대한 기대감 등을 담습니다.

발간사의 수요자는 기관 내부에 있습니다. 자료집 발간을 담당하는 부서는 기관장의 이름을 빌려 자료집의 의미와 가치를 알리게 됩니다. 서면축사가 기관 밖의 기관이나 단체로부터 요청받아 이루어지는 것과는 차이가 있습니다. 자료집 발간을 특정 부서에서 진행하지만, 기관장의 이름으로 발간사가 나가게 되는 만큼, 기관장의 입장에서, 기관장이 할 법한 내용을, 기관장이 할 법한 표현으로 작성해야 합니다.

말씀자료 작성에서는 그 종류에 가림 없이 해당되는 중요한 말입니다. 1차 수요자가 기관 내부에 있는 발간사에서는 한 번 더 되새길 필요가 있습니다. 가령, 'ㅇㅇㅇㅇ과에서는 매주 관계부처와 규제개선 실무협의를 진행해 왔습니다.'와 같이 특정 부서에 국한된 내용을 반영하는 것은 적절하지 않습니다. 'ㅇㅇㅇ부는 관계부처 간 끊임없는 협의과정을 거쳐 규제개선의 방향성을 정립해 왔습니다.' 라고 표현하는 것이 보다 기관장이 할 법한 말에 가깝습니다.

발간사의 흐름과 구성

지금 '자료집의 주제'와 관련하여
이러이러한 상황이며, 우리는 이러이러한 일들을 해 오고 있습니다.
자료집 발간을 통해 지금까지의 노력들을
정리하고 공유하려 합니다.

이번 자료집의 특성은 이것이며,
이러이러한 내용들이 담겨 있습니다.

자료집이 널리 활용되기를 기대하고
관련 업무 발전을 위해 앞으로 계속 노력하겠습니다.

1. 서두
  - 발간집 관련 주요 정책 추진 상황 및 동향 소개

2. 본문
  - 발간집의 주요 내용 및 특징 소개
  - 발간집의 세부적인 구성 소개

3. 마무리
  - 발간집 내용 관련 향후 정책 추진 방향
  - 발간집의 활발한 활용에 대한 기대

1) 서두

발간집과 관련된 현황이나 상황을 언급하면서 시작할 수 있습니다. 예를 들어, 정부 의전의 기준과 의전이 적용된 주요 행사를 수록한 '의전편람'의 발간사라면 '의전이 무엇이고, 의전이 왜 중요한 것인지'를 설명하는 방식입니다.

우리나라에서 발생하는 재난, 재해의 원인과 통계, 복구 내용 등을 담아 연례적으로 펴내는 '재해연보'의 경우라면 재해의 특성을 잘 나타내 줄 수 있는 통계를 인용하며 시작하는 것도 가능합니다. 이렇게 분위기를 잡아 주면 발간자료의 중요성과 의미를 자연스럽게 부각할 수 있고, 본문의 내용과도 매끄럽게 연결할 수 있습니다.

다음은 정부 부처에서 비정기적으로 발간하는 정부 의전편람의 실제 발간사 중 일부입니다. 앞서 언급한 것처럼 의전이 무엇이고 의전이 왜 중요한지를 제시하며 시작하고 있습니다. 이어지는 서두의 두 번째 문단에서는 정부 의전편람의 최초 발간 시점을 기준으로 발간 경과와 개략적 내용을 소개하고 있습니다.

【사례: 정부 의전편람】

의전(儀典)은 정부의 공식행사에서 지켜야 할 규범에 해당합니다. 예의(禮儀)가 개인 간의 존중을 바탕으로 관계를 원활하게 하는 것처럼 의전은 정부 행사가 격조 있고 매끄럽게 진행될 수 있도록 돕는 역할을 합니다. 의전은 그 과정에서 국민의 일체감을 조성하는 역할을 한다는 점에서도 중요성이 큽니다.

시간과 장소에 따라 예법이 달라지는 것처럼 상황에 따라 의전의 형태와 내용도 달라지기 마련입니다. 정부 공식행사의 운영기준이 되는 「정부 의전편람」은 1984년 최초 발간 이후 지금까지 5차례에 걸친 개정이 이루어졌습니다. 시대에 따라 변화하는 의전 관련 제도는 물론, 중요성이 큰 정부 행사에서 의전이 적용된 구체적 사례들도 담아 왔습니다.

2) 본문

본문에서는 발간집의 구성과 주요 내용을 소개합니다. 매년 발간되는 책자라면 지난해와 다른 주요 내용은 무엇인지 정리합니다. 비정기적으로 발간되는 책자인 경우에는 최근 발간되었던 자료를 기준으로 크게 달라진 점은 어떤 것인지를 중심으로 작성합니다. A4용지 1장 정도의 분량 안에 자료집의 모든 내용을 구구절절 설명하기는 어려운 만큼, 가장 특징이 되거나 가장 중요성이 큰 부분을 찾아 강조하는 것이 효과적입니다.

다음은 매년 발간되는 재해연보 발간사 중 일부입니다. 재해연보가 어떤 역사적 경과를 갖는지와 당해연도 재해연보에 실린 주요 내용을 소개하고 있습니다.

【사례: 재해연보】

「재해연보」는 1964년 발간을 시작한 「한국의 홍수」에 그 뿌리를 두고 있습니다. 자연재해 및 복구 현황 통계를 보다 체계적으로 관리·활용할 수 있도록 편제와 내용을 보완하여 1979년부터 현재의 표제로 발간되고 있습니다.

「2020 재해연보」에는 2020년 한 해 동안 국내외에서 발생한 이상기후의 특징과 국내 주요 자연재해 발생 현황, 피해상황 및 복구 계획의 내용을 담았습니다. 자연 재난 발생 원인과 기간별 복구

비 통계도 함께 수록하여 예산운용 관점에서도 참고가 될 수 있
도록 하였습니다. 이 밖에도 최근 10년 동안의 자연 재난 통계도
반영하여 그 추세를 한눈에 확인할 수 있도록 하였습니다.

이어지는 사례는 정부 의전편람의 발간사 본문입니다. 2014년 개
정 이후 처음 발간되는 편람입니다. 이전에 발간된 편람의 내용과
구별되는 주요 내용을 중심으로 담고 있습니다. 코로나19 상황으로
인하여 변화된 의전 기준과 절차의 다양화에 관한 사항을 함께 소
개하고 있습니다. 주요 국가행사에서 적용된 의전 사례를 반영했다
는 내용도 언급하고 있습니다.

【사례: 정부 의전편람】

새롭게 개정·발간된 「정부 의전편람」에는 2014년 개정 이후 변
화된 법령과 제도를 반영하였습니다. 특별히, 코로나19가 가져온
비대면 사회로의 빠른 전환에 맞추어 정부 의전의 기준과 절차를
다양화하였습니다. 규모 중심의 정부 행사를 가치와 메시지 전달
중심으로 전환하였고, 현장 참여뿐만 아니라 온라인 참여까지도
공식행사의 범위에 포함하였습니다.

이 밖에도 최초의 국가장 실시('15), 제70주년 광복절 경축식('15),
제19대 대통령 취임식('17), 제100주년 3·1절 기념식('19) 등 최근
국가행사에서 구현된 의전 사례들을 관련 사진 등과 함께 상세히

담았습니다.

3) 마무리

발간집이 담고 있는 주제와 관련된 정부의 정책방향과 의지를 간단하게 제시하고, 발간집이 값있게 널리 활용되기를 바라는 내용으로 마무리합니다. 사례에서는 '좋은 의전'이 무엇인지를 제시하고 정부 역시 국민을 비롯한 정책의 대상을 존중하고 이해하도록 노력하겠다는 의지를 담았습니다. 이어서 의전편람이 다양한 분야에서 의전에 관한 안내서 역할을 하기를 바라는 내용으로 글을 담았습니다.

【사례: 정부 의전편람】

'좋은 의전'이란, 시대 상황을 거슬러 우리의 행동양식을 제한하는 것이 아니라 물이 흐르듯 때와 장소에 따라 자연스럽게 변화하며 거스름이 없는 것이어야 합니다. 그리고 그 바탕에는 상대를 존중하고 이해하는 마음이 있어야 합니다. 정부 의전이 국민들로부터 '좋은 의전'으로 인정받을 수 있도록 정부는 앞으로도 최선을 다하겠습니다.

개정된 「정부 의전편람」이 정부와 자치단체, 공공기관은 물론 다양한 민간분야에서도 정부 의전을 이해하는 데 도움이 될 충실한 안내서 역할을 하게 되기를 기대합니다.

조금 다른 형태의 마무리도 가능합니다. 재해연보에서는 재난에 관한 기록을 철저히 기록하는 것이 중요하다는 점을 들고 있습니다. 덕분에 재해연보의 중요성을 간접적으로 강조하고 있습니다. 이어서 연보의 활용에 관한 부분을 언급한 뒤 단락을 바꾸어 재난대응 역량강화 등에 힘을 쏟을 것임을 밝히며 마무리하고 있습니다.

【사례: 재해연보】

임진왜란 이후 전쟁의 원인과 상황 등을 상세히 기록한 '징비록'은 '과거의 기록을 거울삼아 오늘을 경계한다.'는 뜻을 담고 있습니다. 재난에 관한 철저한 기록과 그 분석은 안전한 내일을 만드는 초석입니다. 「2020 재해연보」 역시 재난예방과 피해 최소화를 위한 토대로서 현장의 정책담당자는 물론 관련 연구자들의 연구에 필요한 기초자료로도 널리 활용되기를 기대합니다.

○○○부는 앞으로도, 전 세계적인 기후변화 추세에 맞춘 새로운 자연 재난 통계분석 기법 개발 등을 통해 재난대응 역량을 높이고 국민들이 체감할 수 있는 안전한 환경이 마련될 수 있도록 최선을 다하겠습니다.

정부 의전편람 발간사

의전(儀典)은 정부의 공식행사에서 지켜야 할 규범에 해당합니다. 예의(禮儀)가 개인 간의 존중을 바탕으로 관계를 원활하게 하는 것처럼 의전은 정부 행사가 격조 있고 매끄럽게 진행될 수 있도록 돕는 역할을 합니다. 의전은 그 과정에서 국민의 일체감을 조성하는 역할을 한다는 점에서도 중요성이 큽니다.

시간과 장소에 따라 예법이 달라지는 것처럼 상황에 따라 의전의 형태와 내용도 달라지기 마련입니다. 정부 공식행사의 운영기준이 되는 「정부 의전편람」은 1984년 최초 발간 이후 지금까지 5차례에 걸친 개정이 이루어졌습니다. 시대에 따라 변화하는 의전 관련 제도는 물론, 중요성이 큰 정부 행사에서 의전이 적용된 구체적 사례들도 담아 왔습니다.

새롭게 개정·발간된 「정부 의전편람」에는 2014년 개정 이후 변화된 법령과 제도를 반영하였습니다. 특별히, 코로나19가 가져온 비대면 사회로의 빠른 전환에 맞추어 정부 의전의 기준과 절차를 다양화하였습니다. 규모 중심의 정부 행사를 가치와 메시지 전달 중심으로 전환하였고, 현장 참여뿐만 아니라 온라인 참여까지도 공식행사의 범위에 포함하였습니다. 이 밖에도 최초의 국가장 실시('15), 제70주년 광복절 경축식('15), 제19대 대통령 취임식('17), 제100주년 3.1절 기념식('19) 등 최근 국가행사에서 구현된 의전 사례들을 관련 사진 등과 함께 상세히 담았습니다.

'좋은 의전'이란, 시대 상황을 거슬러 우리의 행동양식을 제한하는 것이 아니라 물이 흐르듯 때와 장소에 따라 자연스럽게 변화하며 거스름이 없는 것이어야 합니다. 그리고 그 바탕에는 상대를 존중하고 이해하는 마음이 있어야 합니다. 정부 의전이 국민들로부터 '좋은 의전'으로 인정받을 수 있도록 정부는 앞으로도 최선을 다하겠습니다.

개정된 「정부 의전편람」이 정부와 자치단체, 공공기관은 물론 다양한 민간분야에서도 정부 의전을 이해하는 데 도움이 될 충실한 안내서 역할을 하게 되기를 기대합니다.

감사합니다.

재해연보 발간사

2020년은 1973년 이후 장마 기간이 가장 길었던 해였습니다.

역대 2번째로 많은 장마철 강수량을 기록했고, 연이어 발생한 3개의 태풍은 큰 후유증을 남겼습니다. 특히 7월 28일부터 2주간 이어진 집중호우는 전국적으로 57명의 인명피해와 1조 원 이상의 재산 피해를 가져왔습니다.

태풍과 집중호우 등 자연 재난 발생을 원천적으로 막는 것은 어려운 일이지만 그 피해를 줄여 나가는 것은 가능합니다. 재난 발생 통계를 정확하게 기록하고 축적된 데이터의 체계적 분석을 통해 앞으로 일어날 재난 상황과 그 피해 규모를 예측할 수 있기 때문입니다. 이는 행정안전부가 매년「재해연보」를 발간하는 이유이기도 합니다.

「재해연보」는 1964년 발간을 시작한「한국의 홍수」에 그 뿌리를 두고 있습니다. 자연재해 및 복구현황 통계를 보다 체계적으로 관리·활용할 수 있도록 편제와 내용을 보완하여 1979년부터 현재의 표제로 발간되고 있습니다.「2020 재해연보」에는 2020년 한 해 동안 국내외에서 발생한 이상기후의 특징과 국내 주요 자연재해 발생 현황, 피해상황 및 복구계획의 내용을 담았습니다. 자연 재난 발생 원인과 기간별 복구비 통계도 함께 수록하여 예산운용 관점에서도 참고가 될 수 있도록 하였습니다. 이 밖에도 최근 10년 동안의 자연 재난 통계도 반영하여 그 추세를 한눈에 확인할 수 있도록 하였습니다.

임진왜란 이후 전쟁의 원인과 상황 등을 상세히 기록한 '징비록'은 '과거의 기록을 거울삼아 오늘을 경계한다.'는 뜻을 담고 있습니다. 재난에 관한 철저한 기록과 그 분석은 안전한 내일을 만드는 초석입니다. 「2020 재해연보」 역시 재난예방과 피해 최소화를 위한 토대로서 현장의 정책담당자는 물론 관련 연구자들의 연구에 필요한 기초자료로도 널리 활용되기를 기대합니다.

○○○부는 앞으로도, 전 세계적인 기후변화 추세에 맞춘 새로운 자연 재난 통계분석 기법 개발 등을 통해 재난대응 역량을 높이고 국민들이 체감할 수 있는 안전한 환경이 마련될 수 있도록 최선을 다하겠습니다.

감사합니다.

계속될 말씀을 위해

비서실을 나온 지 벌써 1년이 넘었습니다.

이 책에 담긴 내용 대부분은 비서실을 나온 직후에 작성되었습니다. 다양한 글을 접할 수 있는 기회였지만 글을 쓰는 것이 결코 쉬운 일이 아니라는 것을 실감한 시간이기도 했습니다.

본문에서도 언급했듯 말씀 글을 쓰는 일은 떠오르는 생각의 조각들을 주워 깁는 문학 활동과는 거리가 멉니다. 목적에 맞게, 다양한 제약 요소들을 고려해야 하는 자유롭지 못한 일입니다. 1년 전을 떠올려 봅니다. 휴대폰 메모장에 들어 있는 비서실 마지막 출근길 단상은 말씀자료 글쓰기에 대한 고민과 당시의 고통을 떠올리게 합니다.

마지막 출근길이다. 간밤엔 제대로 잠을 이루지 못했다. 가슴 졸이며 살았던 시간이다. 500개의 말씀자료를 썼다. 500가지의 이야기가 있었고, 심장엔 500겹으로 굳은살이 박였다. 말씀자료 하나에 온 행사를 내가 치러 내는 기분이었다. 다 알아야 말씀자료를 쓸 수 있었고, 다 알아야 그분의 무수한 물음들에 답할 수 있었다. 행여 사실과 다른 부분은 없을지, 밖의 시선에서 문제가 될 표현은 없을지 늘 조마조마했다.

그렇게 말씀이 끝나고 나면 반쯤 마음이 놓였고, 그의 표정을 확인하고 나서야 그 반의 반만큼 마음을 놓았다. 보도가 제대로 된 것을 확인하고 나서야 남은 마음을 조용히 내려놓았다. 모든 행사, 모든 회의가 다 나의 것만 같았다. (중략)
오송역에 도착했다. 아침 6시가 막 지났지만 늦은 아침처럼 환하다. 한겨울 볼을 부르르 떨며 버스를 기다리던 때가 전설처럼 지났다. 차창 밖으로 뭉게구름 같은 꽃송이가 매달린 아까시나무가 줄지어 늘어섰다. 개중엔 지난 18개월도 듬성듬성 매달려 있다. 그에게 간다.

- 2022년 5월 9일 마지막 출근길 버스 안에서

'말이 되는 말씀'을 쓰기 위해서는 챙기고 알아야 할 것들이 너무나도 많습니다. 하루하루 주어진 일을 처리하는 것만으로도 버거운 실무자들에게 말씀자료 글쓰기에 많은 시간을 투입하고 많이 고민할 것을 기대하는 것은 염치없는 일이라는 생각도 듭니다. 그래서 이 책이 현장의 실무자들을 조금이라도 편하게 하는 길라잡이가 되면 좋겠습니다.

서랍 속에 길게 잠들어 있을 뻔한 글들이 세상 밖으로 나올 수 있도록 응원해 주신 고마운 분들이 있습니다. 덕분에 제가 이 세상을 살다 갔다는 또 하나의 중요한 흔적을 남길 수 있게 되었습니다. 마음으로 한 분, 한 분의 얼굴을 떠올리며 감사의 마음을 전합니다.

여러분이 행복하길 기도합니다.